깨끗한 거절은

절
반
의

선
물

깨끗한 거절은

절반의 선물

정끝별 산문집

문학동네

3장

4장

팔　한
다　눈
　　을

가까스로 일인칭의 뒷심들

일상에 카메라를 장착한 예능 다큐 같은 글들을 모았다. 가까스로 일인칭의 민낯을 담은 명실상부한 첫 산문집이다. 코로나가 시작되었을 때 일상의 리듬이 무너지면서 몸에 이상 신호들이 왔다. 죽을 수도 있겠다는 생각에 흩어져 있던 글들을 다급히 모았다. 몇 개의 파일이 만들어졌고, 지나오면서 지나친, 내 삶의 소중한 순간들을 기억하고 기록하고 기념한 '가족단편서사'라는 이름의 이 파일에 마음이 먼저 갔다.

　묶어 놓고 보니 어릴 적 동화책에서 읽었던 '점등인'이라는 단어가 떠올랐다. 우리에게 익숙하지 않아 사전적 의미만으로 다 그려지지 않는, 여분의 상상을 불러일으키던

단어다. 정확하게는 '가로등 점등인', 다르게는 '가로등지기', 석유나 가스를 이용해 거리를 밝히는 가로등에 저녁에는 점등을, 아침에는 소등을 했던 사람을 일컫는다.

여기 묶인 글들은 내 삶이 어둠에 잠기지 않도록 삶의 길목들에서 가로등처럼 환한 불이 되었던 편편의 점등과도 같았다. 내 앞에 있는 사람, 내 곁에 있는 사람, 그리고 내 안에 있는 사람, 그들의 이름에 따뜻한 빛을 내걸던 순간들에 대한 기록인 셈이다. 내가 모방하고 인용하고 표절하며 살았던 가족들, 그러니까 내 시작과 끝 혹은 내 둘레와 바탕에 대한 기억이기도 할 것이다. 기다리며 지키고, 견뎌 내며 버티고, 지치지 않고 지지 않으려, 그렇게 살고 싶었던 내 삶에 대한 기념이라고나 할까.

울퉁불퉁한 이 짧은 글쓰기가, 지나온 그리고 지나친 시간에 빛을 비추는 행위였음을, 그 작은 불빛들이 살아 있는 이유고 살아 냈던 힘이었음을 믿겠다. 그 힘을 짧은 이야기로 풀어내 숨을 불어넣던 든든한 뒷심이었음을, 그런 믿음의 빛이었음을 비로소 믿겠다.

1장

손바닥을
마주치다

지금 알고 있는 걸
그때도 알았더라면!

첫째 아이가 다섯 살, 둘째 아이가 두 살 무렵이었다. 발발거리는 동생은 제 언니가 가지고 노는 것들만 좋아했다. 제 언니가 동화책을 읽고 있으면 발발발 기어가 책을 붙잡고 늘어져 책장을 찢어 놓기 일쑤였고, 제 언니가 그림을 그리고 있으면 발발발 달려가 크레파스를 흩트려 놓거나 그려 놓은 그림에 북북 일 획(劃)을 첨가하기 일쑤였다. 제 언니가 한참을 공들여 블록을 쌓아 놓으면 발발발 기어와 퍽 무너뜨리기 일쑤였고, 제 언니가 맛난 간식을 천천히 먹으려고 아껴 두고 있으면 발발발 달려와 덥석 제 입에 넣고는 입을 꾹 다물고 달아나기 일쑤였다.

　그렇지 않아도 동생이 생기고 질투와 시샘에 예민해질

손바닥을 마주치다

대로 예민해져 있던 터라 그때마다 울고불고 난리인 건 늘 첫째였다. 전쟁 아닌 날이 없었다. 급기야 첫째는 제 동생을 괴물 보듯 살살 피해 다녔고 때로는 들고 있던 도구들을 퍽 퍽 날리기도 했다. 문제는 제 언니가 그러든 말든 둘째가 불굴의 자세로 너무나 꿋꿋하다는 데 있었다.

일은 터지기 마련이다. 어느 날 오후 듀엣의 울음소리가 간발의 차이로 터졌다. 얼굴을 감싼 채 자지러지듯 우는 동생을 마주 보며 덩달아 겁먹은 눈으로 첫째도 울고 있었다. 동생의 왼쪽 볼에는 벌건 잇자국이 선연했다. 첫째를 데리고 작은 방으로 들어갔다. 먼저 동생을 깨물었던 행동에 대해서는 무조건 혼을 냈다. 그런 후 첫째의 변명을 들어 본즉슨 이러했다.

얼마 전에 선물 받은 그래서 제일 사랑하는 변신 로봇을 겨우겨우 재우고 이불까지 곱게 덮어 주었는데, 동생이 발발발 달려와 제 로봇을 깔아뭉개더니 입으로 물어뜯었다는 것이다. 어쨌든 제 깜냥으론 무척 속상했을 법하지 않은가. 솔로몬은 이럴 때 어떻게 했을까. 시시각각의 '엄마 노릇'이란 늘 힘에 부치는 일이다. 이럴 땐 '스리쿠션의 호소 작전'이 먹히지는 않을까?

네가 얼마나 동생을 가지고 싶어 했는지, 그리고 네가

얼마나 동생을 낳아 달라고 보챘는지를 첫째에게 떠올리도록 했다. 네가 그토록 원했던 동생이니까 동생을 사랑해야 하고, 동생은 아직 아가니까 언니인 네가 동생에게 양보도 해야 한다고 으르고 달랬다. 첫째도 언니로서 자신의 책임과 의무를 깨달은 것인지 잠시 두 눈을 껌벅이다가, 다시 왕 — 울음을 터뜨리면서 말했다.

"그땐 몰랐어, 저런 동생일 줄, 정말이야!"

가훈 있으십니까?

"우리 집 가훈이 뭐야?" 둘째 아이가 물었다. "그거 옛날에 언니도 했던 숙젠데……. 언니한테 물어봐!" 내가 생각해도 어이없는 엄마다. 아니나 다를까, "언니도 모르겠다는데."였다. 그 엄마에 그 딸이다. 하긴 나도 해마다 접했던 그 많던 가훈과 급훈과 교훈 중 제대로 기억하는 게 하나도 없으니.

4년 전쯤, 첫째 아이가 물었다. "우리 집 가훈이 뭐예요? 적어 오래요." "가훈? 가훈이라……. 그거 아빠에게 물어봐라." 결혼해서 아이를 둘이나 낳고 첫째가 초등학교에 다닐 만큼 키웠으면서도, 한 집안을 이끄는 가장(家長) 혹은 기장(機長) 의식이 부족했던 걸까. 가훈을 문장화시키기는커녕 생각조차 못 해 봤다. 남편도 사정은 다르지 않았다.

"여보, 빨리, 가훈!" 하는 재촉에 갸웃갸웃하던 남편이 말하기를 "일월성신(日月星辰)!" 사십 평생 듣도 보도 못한 가훈이었다. "해와 달과 별처럼 세상을 밝히며 살자는 의미이기도 하고, 해는 천(天), 달은 지(地), 별은 인(人)이니까 하늘과 땅과 사람이 하나임을 새기며 살자는 의미이기도 하고……." 최근 들어 『천부경』이니 『한단고기』니 하는 책들을 너무 열심히 읽는다 싶더니. 남편이 길게 설명할수록 아이는 더 뜨악한 표정이었다.

내가 들은 좀 특별한 가훈은 이렇다. "서로 쪽팔리지 않게 살자." 나도 가족들에게 부끄럽지 않게 살 테니 가족들도 내게 부끄럽지 않게 살아 달라는 주문이다. "공부를 못하는 건 용서하지만 이성에게 인기가 없는 건 용서할 수 없다." 이성을 잘 만나야 인생의 4분의 3을 잘 살 수 있다는 주문이다. "먹을 땐 건들지 말자.", "가족을 남처럼, 남을 가족처럼.", "네 떡 너 먹고, 내 떡 나 먹자." 등등.

시 쓰는 친구가 기억하는 가장 멋진 급훈은, 폐교된 초등학교 교실에서 봤던 칠판 위 액자 속 '염치(廉恥)'라는 붓글씨였단다. 좀 어려운 한자이기는 했으나 아이들에게 염치를 가르칠 수 있는 선생이라면 필시 시인(에 가까운) 선생님이셨으리라.

분명히 어릴 적 우리 집에도 가훈이 있었다. 가물가물해서 막내 오빠에게 전화로 물었다. 오빠가 말했다. "무슨 언행에, 무슨 피땀이었는데, 큰형 집으로 옮겨 온 비석에 새겨 있잖니!" 까맣게 잊고 있었다. 젊은 아버지가 어엿한 첫 집을 산 후 처음으로 했던 일이 택호를 편액으로 걸고 가훈을 돌에 새겨 화단에 세운 것이었음을. 그렇지, 그 옛집에서 가져온 아버지의 편액과 비석을 큰오빠네로 옮겼지! 큰조카에게 부탁해 비석에 새겨진 문장을 물었다. 앞면에는 "學訓堂(학훈당)", 뒷면에는 "진실한 언행 꾸준한 피땀"이라 쓰여 있다고 했다. 아버지 친필이었다. 정말 어찌 그리도 깜깜하게 잊고 살았던 것인지.

　　둘째와 머리를 맞대고 또다시 가훈을 생각한다. "일하지 않는 자 먹지도 말라, 어떠니?" "이상해, 엄마!" "되돌아보자, 들여다보자, 그리고 멀리 보자는?" "불조심 구호 같아!" "진실의 친구인 시간과 친해지자는?" "뭔 말인데?" "……."

할머니가 다녀가셨다!

'엄친딸'과는 촌수가 좀 먼 '내친딸'은 에픽하이 타블로의 열혈 팬이다. 봄 축제를 맞아, 내가 재직 중인 대학의 총학생회에서 교내 곳곳에 타블로의 초청 공연을 홍보하고 있었다. 그러나 나는 못 본 것이다! 그날 그 시간이면, '중딩'이 된 내친딸은 마땅히 학원에 앉아 있어야 할 시간이다. 게다가 며칠 전 타블로가 진행하는 라디오 프로그램을 매일 밤 두 시간씩 작파하고 들어대는 딸과 한판의 혈전이 있지 않았던가. 내친딸에게 이 소식을 알린다는 건 불타는 가슴에 기름을 끼얹는 일!

　　그러나 그날은 오기 마련. 현관을 들어서자마자 내친딸은 내 방으로 진격해 왔다. 내친딸이 어떤 딸인가. 오늘의 공연이 포착되지 않았을 리 없다. 내친딸은 급기야 눈물까지 주르륵 흘리며 "엄마, 제발, 나 이번 중간고사 국어 백 점 맞았잖아". 백 점을 맞았으니 학원은 한 번 빠져도 된다는 거였다. 이렇게까지 내친딸을 구차하게 해서야, 나는 또 졌다.

내친딸과 들어선 대학 운동장은 인산인해였다. 흰색 밴에서 내리는 타블로를 보자마자 내친딸은 연신 "어떡해~"라고 탄식하며 주르륵 눈물을 흘렸다. 자극과 반응이 자동 반사로 일어났다. 키가 작은 딸을 배려해 준 관객들 덕분에 인파를 뚫고 들어가 무대 오른쪽 앞에서 선 채로 직관할 수 있었다. 두세 곡을 끝낸 직후였다. 타블로가 무대 구석에 마련된 생수 한 병을 들고 꿀꺽꿀꺽 마시더니 남은 물을 관객을 향해서 뿌렸다. 열광의 도가니였다. 그러고는 관객을 향해 빈 생수병을 던졌다. 그런데, 그런데, 그 생수병이, 딸과 나를 향해 날아오고 있었다, 그것도 우주선처럼 크게, 그리고 천천히!

나는 상상할 수 없을 만큼 높고 빠르게 비상했고 생수병을 낚아챘다. 나도 자동반사였다. 운동이라고는 숨쉬기 운동도 깜빡깜빡해 한숨으로 몰아쉬는 내게 어디서 그런 힘과 순발력이 솟았는지 묻지 말라. 그때 나는 확인했을 뿐이다. 아이가 떨어지면 엄마가 정말 받을 수 있겠구나! 타블로가 마셨던 생수병을 내친딸에게 건네주는 내 마음이 어땠는지도 묻지 말라. 그때 난 '네가 좋아하는 일이라면 뭐든지 할 수 있어'와 '질투는 나의 힘' 사이를 오락가락했을 뿐. 타블로의 빈 생수병을 신물(神物)처럼 품에 안고 내친딸은 하염없는 눈물을 주르륵 흘리고 있었으니.

그날 타블로의 초청 공연은 TV에도 나오고, 인터넷에도 마구 떠돌아다녔다. 특히 생수병을 던진 그 장면이! 초인적으로 날아 그 생수병을 잡는 내 모습은, 다행히, 카메라 밖이었다. 그리고, 며칠이 지난 밤이었다. 내친딸 방에서 일찍이 들어 본 적 없는 날카로운 비명이 울렸다. 모두 뛰쳐나와 무슨 일이냐를 물었으나 내친딸의 숨만 넘어가고 있었다. 재차 다그쳤을 때야 "할머니가, 할머니가, 내 생수병을, 내 생수병을……"

그날, 할머니가 다녀가셨다! 그러니까 그날, 신물 생수병도 사라졌다! 쓸고 닦기를 좋아하시는 할머니의 슬리퍼에 꽉 밟힌 채 다른 페트병들과 뒤섞여 분리수거장 더미에 쌓여 있을 터였다. 그 밤 내내 내친딸은 분리수거장이 보이는 창가에 서서 나라를 잃은 표정으로 소리 없이 눈물만 흘리고 있었다. 그 밤 내내 나는, 내일 당장 딸아이 방 창에 자바라를 설치하리라 다짐했으며, 창으로부터 내친딸을 떨어

뜨려 놓느라 안 해야 했을 말까지 하고 말았으니. "대신 싸인
받아다 줄게, 꼬옥, 알았지, 응?"

인생재난 방지대책 훈련요강

어우야담에 나오는 얘기다. 옛날 어느 장수가 수하의 십만 병사들에게 물었다. "이 가운데 아내가 무서운 자는 붉은 깃발 아래 서고, 무섭지 않은 자는 푸른 깃발 아래 서라." 모든 병사가 붉은 깃발 아래 모였는데 오직 한 병사만이 홀로 우뚝 푸른 깃발 아래 섰다. 장수가 물었다. "너는 아내가 무섭지 않으냐?" 한 병사가 되물었다. "제 아내가 항상 남자 셋이 모이면 여색(女色)을 논하니, 남자 셋이 모인 곳에 일절 가지 말라 했는데 하물며 지금 십만의 남자가 모여 있지 않습니까?"

이쯤 되면, 한 병사네 가훈은 필시 이러했을 것이다. "사람 많은 데 가지 마라" 그리고 세칙 조항 중 하나가 "남자는 남자 셋 이상 모인 곳에 가지 마라"였을 것이다. 가훈이 별건가. 그 집안의 수장(首將)이 되풀이하는 잔소리, 그 '말쌈' 아니겠는가. 다른 말로 '인생재난 방지대책 훈련요강'의 수칙들이랄까? 그러니 그게 또 '인생성공 제고대책 훈련요강'의 수칙이기도 하겠다.

한 선배네 '인생재난 방지대책 훈련요강'의 그 세칙 조항들은 이렇다.

그 일(一), 주머니에 손 넣고 걷지 마라.

이거 중요하다. 일생을 좀 살다 보면 알게 된다. 낙법(落法)에 도통할수록 인생이 안전해진다는 걸. 낙법의 가장 손쉬운 방법이 손을 이용하는 것. 손이 바닥을 먼저 짚는 한, 최소한 머리는 안전한 법.

그 일(一), 엘리베이터 탈 때 바닥을 확인하라.

인생은 자주 상승하고 하강한다. 살다 보면 상승하고 하강하는 고속의 엘리베이터를 탈 때가 있는 법이다. 상승이든 하강이든 바닥이 있는지를 확인하고 타야 안전하다. 자칫 바닥 모를 나락으로 추락하지 않으려면 말이다.

그 일(一), 건널목을 건널 때는 가운데 서라.

뭐, 꼭, 조사해 보지는 않았지만, 건널목 사고의 8할은 맨 앞이나 맨 뒤에서 일어나기 십상이다. 언제, 어디서, 그

어떤 불행이 인생에 덮쳐 올지 모르는 일. '가만있으면 중간
은 간다.'라는 말이 괜히 있겠는가.

이 세칙 조항들을 삶에 비유해 보자면 그것들은 각각
삶의 방관자가 되지 말고, 성공할 때 실패를 준비하고, 너무
앞서거나 너무 뒤서지 말라는 자못 교훈적인 의미를 담고
있다. 학원과 학교와 학벌과 학연으로 세워진 사각의 링 위
에서 옴짝달싹 못 하는, 갈팡질팡하다 내 그럴 줄 알고도 남
음 직한 대한민국 교육 시스템에 시달리는, 우리 아이들을
쿠키에 빗대어 '인생재난 방지대책 훈련요강' 수칙을 나도
이렇게 작성해 본다.

그 일(一), 눅눅한 쿠키는 부드럽다.
그 일(一), 쿠키 맛은 재료와 요리법에 따라 무한하다.
그 일(一), 쿠키 아니어도 맛있는 건 많다.

모든 쿠키가 바삭해야만 하는 건 아니다. 또 모두가 쿠
키를 먹어야 하는 것도 아니다. 그것도 한 가지 쿠키나 갓 구
운 쿠키만을 먹어야 하는 것은 더더욱. 아이들도 그렇다. 시
험 성적과 대학 서열과 연봉의 쿠키틀로 구워 낸 쿠키만 대
수겠는가?

기다려라달려간다칠번출구

이른 아침 문자가 날아왔다. "사호선인덕원역칠번출구방의
원입니다 031-383-○○○○." 어제 모임에서 만났던 지인
이었다. 뭠미? 그리고 문자를 날렸다. "메시지잘못왔어유^^
난아직도몽롱@@중인데 벌써또한껀을?^^". 문자를 잘못 날
린 지인이 갑자기 정다워졌다. 나만 문자를 잘못 날리는 게
아니라는 안도감이 훈훈한 동지애로 화하는 찰나였다.

　　모처에 심사하러 갔을 때다. 소설 부문 심사위원으로
후배가 와 있었다. 부문별로 방을 달리해 진행되었기에 뒤
풀이 합석을 도모하기 위해 먼저 끝나면 문자를 날리기로
했다. 늘 그렇듯 시 부문이 먼저 끝났고 내가 먼저 문자를 날
렸다. "우린끝!"

심사 뒤풀이로 식사를 하고 있는데 부르르 부르르 핸드폰의 무음 진동이 울렸다. 발신자를 보니 친한 선배의 아내였다. 선배가 결혼한 후 그 아내와도 친하게 지내는 사이였다. 다급한 일이 생길 관계는 아니었고 윗사람도 많은 자리라서 굳이 문자를 확인하지는 않았다. 식사를 끝내고 후배와 함께 식당을 나오면서 전화를 걸 때까지도 몰랐다. "우린 끝!"이라는 문자가, 함께 심사했던 후배가 아닌, 애먼 선배 아내에게 잘못 갔다는 걸.

　문제는 뜬금없는 '우린끝!'을 받은 선배 아내였다. 상상력과 의심이 마구마구 발동하기 시작해 선배에게 득달같이 전화했단다. "혹시 당신에게 보낼 메시지를 나한테 잘못 보낸 거 아냐?" 선배와 머리를 맞대고 상상력의 아귀를 맞추기 시작했단다. 연애하나? 그런데 싸웠네, 그래서 헤어졌나? 그러고는 이제 딱 걸렸으니 누군지를 대란다. 마침 같이 심사한 후배 또한 선배 아내와 아는 사이여서 전화까지 바꿔주며 버선목을 뒤집어 보이기는 했으나, 선배와 선배 아내가 상상력을 더 발휘하도록 고무하지 못한 건 두고두고 아쉬웠다.

　(글자 수 제한이 있던 문자 메시지 서비스 초기 시절이라 띄어쓰기도 생략할 정도로) 문자는 늘 짧아야 했고, 함께 심사했

던 후배 이름과 선배 아내 이름이 끝에 한 글자만 다른 이름
이었다는 게 문제라면 문제였다. 수신자 이름을 초성으로
검색해 선택하던 중 커서가 한 칸 더 내려갔었나 보다.

　실은 문자를 잘못 보낸 게 한두 번의 일이 아니다. 두 번
째 시집을 낼 때였다. 뒤표지에 실릴 짧은 추천사가 늦어졌
다. 다른 작업을 다 끝내 놓은 채, 추천사만 들어오면 메일
로 오케이 사인 후 바로 인쇄에 들어가기로 한, 뒤표지 마감
날이었다. 오후가 다 저물어 가는데도 도통 기별이 없었다.
편집자에게 문자를 날렸다. "종일기다리다눈이빠질지경이
야요@@" 느닷없이 스승뻘 소설가로부터 문자가 날아왔다.
"기다려라달려간다칠번출구!" 아, 이건 또 뭠미? 편집자 이
름과 스승뻘 소설가 이름이 끝에 한 글자만 달랐는데, 그때
도 핸드폰에 저장된 전화번호 목록에서 한 칸 아래로 잘못
선택해 빚어진 참사였다. 너무나 소설가다운 답 문자에 감
탄할 뿐이었다.

　어제 만난 지인에게 "메시지잘못왔어유^^"라는 답 문자
를 날리고 난 직후였다. 모처럼 만난 지인의 얼굴이 좋아 보
여 안부차 그 비결을 물었다가, 발모 치료 효과일 거라는 답
을 듣고는 그 치료처를 물었던 기억이 전광석화처럼 떠올랐
다. '속알머리' 없는 나도 나려니와 '주변 머리'까지 총체적

28

으로 듬성듬성한 남편을 생각하며 물었더랬다. 문자를 잘못 보낸 지인과의 훈훈한 동지애가 내 기억 부실의 열패감으로 화하는 찰나였다. 즉시 문자를 날렸다. "아하^^ 헤어!제가착각@@감솨 ㅡ*_*" 나와 동시에 문자를 보낸 듯 지인에게서 문자가 곧 날아왔다. "탈모병원이름이방이에요ㅋㅋ즐모성 취하소서!"

잘못 걸려 온 전화

간밤에 마신 몇 잔의 생맥주 탓에 머리가 무거운 아침이었다. 핸드폰을 열었더니 '부재 전화 1통'이라는 메시지와 안 읽은 문자 메시지가 눈에 띄었다. 같은 번호였고 낯선 번호였다. 발신 시간을 보니 오후 10시 30분. 어젯밤 호프집에 있었을 시간이었다. 소란한 주위 환경 때문에 전화벨 소리를 듣지 못했나 보다. 안 읽은 문자를 열어 보니 "이 말밖에 할 수 없어. 사랑해".

가슴이 철렁 내려앉았다. 누가 내게? 게다가 이런 문자 메시지를? 불행하게도 혐의를 둘 만한 사람이 떠오르지 않았다. 전화번호도 생소했다. 그러나 심장이 먼저 나대고 있었다. 누가 장난친 걸까? 유사 번호를 검색해 보았으나 헛수

고였다. 나는 그 번호로 어떤 응답도 하지 못했다. 심지어 메시지를 지우지도 않았다. 핸드폰을 열 때마다 한동안 심장이 살짝 나댈 듯하니.

잘못 걸려 온 전화가 어디 한두 번일까. 누군가의 전화를 기다리고 있을 때, 언짢아 있을 때, 몹시 바쁠 때, 전화 받기 부적절한 장소일 때 물색없이 울리는 잘못 걸려 온 전화는 전후 사정 없이 까칠한 퉁명이 되기에 십상이다. 설상가상으로 연이어 온다면?

나로 말할 것 같으면? 나는 대체로 즐기는 편이다. 그 하루가 더디고 지루하게 지나가고 있을 때 울리는 전화벨 소리는 달콤하기까지 하다. 그렇잖아도 입에 군내가 날 지경이라는 듯, 일부러 벨 소리를 일곱까지 셀 동안 낯선 번호의 주인을 상상하며 받기도 한다. 무엇보다 목소리와 말투에 예민한 나로서는 낯선 목소리야말로 호기심 천국이다. "여보세요."로 시작해 서로를 탐문하며 서로의 어긋남을 확인하는 그 짧은 사이 나는 상대방을 훤히 그려 버리곤 한다.

"저, 저—" 하며 기대와 다른 목소리를 일찌감치 간파하고 스스로 끊어 버리는 사람, "○○ 핸드폰 아닌가요?", "○○○○번 아니에요?" 확인 후 끊는 사람, "아, 잘못 걸렸군요. 죄송합니다." 빠르게 사과까지 하는 사람, "혹시 최근에 전화번호가 바뀌었나요?" 재차 확인까지 하는 용의주도한 사람. 이어서 울리는 전화는 백발백중 같은 전화다. 곧장 뚝 끊어 버리거나 "미안합니다, 또 잘못 걸어서."라거나.

오늘도 지치고 긴 하루를 통과하는 중이다. 전화벨이 울린다. 낯선 번호다. "여보세요?"와 "여보세요?" 전류를 타고 흘러드는 낯선 중저음의 목소리. "미안합니다, 잘못 걸어서." 끊겼다. 나도 끊어야 한다. 끊고 나서 문득 드는 생각, 그런데 당신은 전화를 잘못 건 게 확실한가? 나는 낯선 목소리를 기다렸던 것도 같은데, 순간 나는 당신이 훤히 그려졌는데.

그러니 내게 전화를 잘못 걸어 다오, 문자를 잘못 남겨 다오. 그때부터 나는 당신을 상상하기 시작할 테니, 정말 당신이 잘못 걸었는지 내가 기다리던 당신이 정말 당신이 아닌지.

호환, 마마, 전쟁보다 무서운

"나는 용돈을 한 100만 원 정도 받고 싶다. 왜냐하면 50만 원으로 MTB 자전거를 사서 매일 산에서 쌩하고 달리고 싶다. 또 돈이 남으면 저금을 해 이자가 많아져 돈을 빌려주고 이자까지 갚으라고 하겠다. 갑부가 돼서 도박과 포커도 해서 돈을 많이 따서 불우이웃돕기 운동을 벌여 거지가 없게 하고 협상을 해서 우리 문화재를 모두 찾아와 박물관에 기증할 거다."

　　모 백일장에서 '용돈'이라는 시제로 쓴 초등학교 5학년생의 글이다. 나는 놀랐다. 그 솔직함에 놀랐고, 돈에 대한 집착에 놀랐고, 돈을 벌고 쓰는 그 황당한 방법들에 놀랐다. 돈이라면, 너나없고 위아래도 없는 만인의 지치지 않는 목표이긴 하다. 무엇보다 돈에 관한 아이들의 목표가 하늘 높은 줄 땅 넓은 줄을 몰라라 한다.

청소년 폭력의 8할은 돈벌이가 없는 그들이 가장 쉽고 가장 빠르게 용돈이나 유흥비 마련을 모색한 결과다. 그나마 '건전한' 청소년들은 '갑부' 연예인이나 '갑부' 스포츠맨을 꿈꾸며 성형외과와 오디션과 대회를 배회하고, 그 귀하고 드물다는 '엄친아'들은 '고액 연봉'을 꿈꾸며 눈에 불을 켜고 학원가를 떠돈다.

이 아이들이 과연 누구의 거울이겠는가? 전당대회의 약자 '전대(全大)'가 말 그대로의 '전대(錢大이자 纏帶)'였던 전 집권당의 돈 봉투 게이트는 이쯤에서 셔터를 내릴 모양이다. 전 청와대 정무수석비서관에서 국회의장 정책수석비서관, 그리고 국회의장까지 '불구속' 기소됐으니 "고마 됐다, 마이 무따!" 싶은가 보다.

고위 공무원에게 5만 원권 백 장씩 여섯 다발의 3000만 원이 든 한우 갈비 세트를 전달하려다 덜미가 잡힌 조경업자와 그 배후의 대형 건설사 상무가 '구속' 기소됐다. 하긴 이렇게 오가는 (공공칠) 돈 가방이나 (사과 박스) 돈 상자들 또한 어제오늘의 일이 아니기에 3000만 원 정도의 돈 봉투는 껌값이라 할 만하다. 조금 더 소박한 박카스 상자나 비타

500 상자도 있다.

5만 원권 하니 하나 더 떠오른다. 도박 사이트 물주가 마늘밭에 묻어 두었다던 110억! 바야흐로 밭떼기의 규모가 되었다. 아, 실종된 20조 원이 넘는 5만 원권들은 대체 다 어디에 묻혀 있단 말인가!

요즘 대세는 돈 빌딩이다. "송○○ 86억 집테크", "서○○ 300억 원대 연예인 최고 빌딩 부자", "박○○, 빌딩 투자로 100억대 벌었다", "전○○, 빌딩 투자 3년 만에 44억 벌어…… 임대 수입도 짭짤". 인터넷에 접속하는 순간 튀어 들어오는 기사 제목들이다.

말이 나왔으니 말인데, 뻑 하면 10억 100억 하는데, 한 연예인이 3년간 단지 시세 차익 그러니까 아무 일도 하지 않고 벌어들인 44억이란, 연봉 5000(모든 청춘의 로망이다!)의 샐러리맨이 물 한 통 안 사 먹고 88년(한 인간의 한평생이다!)을 모아야 하는 돈이다. 100억이란 대졸 신입사원 초봉 평균 2000을 500년(조선왕조가 500년이었다!) 동안 모아야 하는 돈이다. 그런 어마어마한 돈을 한 번의 '투자'로 그리 쉽게 벌어도 되는 걸까?

또 있다, 돈 공약! 총선과 대선을 앞두고 여야를 막론하고 복지 공약들을 쏟아내고 있다. 신생아에서부터 유치원생은 물론 고졸 청년, 취업 준비생, 젊은 창업자들, 그리고 사병들에게도 고액의 금일봉을 주겠단다. 심지어 '한류'에 힘쓰는 연예인들에게는 집도 사 주겠단다. 국민들 혈세를 걷어 선심 쓰며 나눠 주는, 나눠 주다 돈 떨어지면 "이제 그만!" 하고 손 털면 그만인 표 얻기 정책이란 정책이랄 것도 없다. 모름지기 정치가라면, 정직하게 돈을 벌어 건전하게 쓰고 그 돈이 투명하게 돌도록 하는 시스템과 제도 정책이 공약 사항이어야 할 것이다.

찌질한 인생을 한 방에 갈아타기 위해 주식 사기를 벌이는 범죄 스릴러물 「작전」이라는 영화가 흥행에 성공했다. 환율 급등, 주가 폭락, 실업 증가, 고물가 등 총체적 불황과 맞물린 시의성도 한몫했을 것이나 정작 그렇게 많은 관객을 불러 모았던 진짜 이유는 뭐였을까?

"큰 거 한판에 인생은 예술이 된다!/ 목숨을 걸 수 없다면, 배팅하지 마라!/ 인생을 건 한판 승부." 전문 사기 도박꾼 '타짜'들의 세계를 그린 영화 「타짜」의 광고 문안이었다. 장삼이사의 개미들을 대상으로 이런저런 '작전'을 벌이고 장삼이사의 개미들을 '타짜'로 만드는 우리 현실은 영화보다 더 영화스럽다.

'용돈'이라는 초등학생의 글을 읽었을 때 "옛날 어린이

들은 호환 마마 전쟁 등이 가장 무서운 재앙이었으나”로 시
작하는 ‘(불법)비디오 헌장’이 떠올랐다. “인생 로또!”, “돈을
갖고 튀어라.”, “돈으로 안 되는 게 뭐 있어?”를 부추기는 우
리 사회의 풍속들이야말로 호환 마마 전쟁보다 무서운 재앙
의 뿌리일 거다.

  ‘쩐의 전쟁들’이 공공연하게 자행되는 이 사회야말로
“청소년이 관람하지 못하도록 각별한 주의가 필요한” ‘19금’
의 사회가 아닐는지. 초등학생이 천진난만하게 이자(사채)
와 도박과 포커를 꿈꾸는 이 사회의 민낯, 그 천진난만한 솔
직함이 섬뜩하기만 하다. 이 아이가 도대체 누구의 거울일
것인가?

새보다도 적게 땅을 밟다니!

집으로 가는 중이었고 운전 중이었다. 적신호에 걸려 브레이크를 밟던 중이었다. 청신호를 기다리던 한 무리의 사람들이 8차선 도로를 횡단하고 있었다. 주황색 원피스를 입은 조그만 여자아이 하나가 뒷걸음을 치며 통통통 무리에서 튀어나와 앞서 건너고 있었다. 여섯 살쯤 되어 보였고 너무 즐거워 보였다. 내 딸아이만 해서일까, 유독 눈이 부셨다. 여자아이는 건널목을 함께 건너는 사람들을 향해 웃으며 연신 깡총거렸다. 무리에서 아이의 엄마임 직한 사람을 찾아보았으나 눈에 띄지는 않았다. 여자아이는 이미 반대편 보도에 도착했고 뒤따라 건널목을 건넌 사람들에 휩싸여 보이지 않았다.

저렇게 작은 여자아이 혼자서 8차선의 건널목을 건넜던 걸까. 생일이 이른 여섯 살배기 내 딸아이는 또래보다 대근육 운동이 미숙한 편이다. 걷는 것도 뛰는 것도 아직 틀이 잡히지 않았다. 그래서인지 몸으로 하는 것에는 뒤에 서곤 한다. 가족운동회 날이면 딸아이나 나나 상대방을 이겨 본 적이 없다. '날 닮아서 그래.'라고 위안해 보지만 행여 아이가 상처받지 않을까 마음 쓰이곤 한다.

그러고 보니, 나는 딸아이와 이런 건널목을 건너 본 기억이 거의 없다. 8차선 도로 곁의 보도조차 함께 걷는 일이 드물다. 아이와 걷거나 뛰거나 할 기회가 많지 않은 일상인지라 딸아이와 나는 늘 달리는 차 안에 앉아 있는 게 익숙하다. 일하는 엄마를 둔 탓에 안전과 시간 절약을 핑계 삼아 아이의 이동은 두 다리가 아닌 차바퀴가 대신해 주곤 한다. 아파트 주차장에서 유치원 문 앞까지, 다시 유치원 문 앞에서 아파트 주차장까지. 어쩌다가의 놀이터와 슈퍼 외에는 대체로 차 속에 앉아 있다. 일터와 집만을 오가는 내 삶 또한 다를 게 없다.

엘리베이터에서 내려 아파트를 나설 때 잠시 땅을 밟을 기회가 있었으나 서너 걸음 밟기도 전에 자동차 문이 열려 차에 올라타야 하는 삶. 차에서 차로 배달되어 공중에 내내

손바닥을
마주치다

떠 있다가 다시 차에서 차로 반송되는 삶을 자각한 순간, 섬뜩하게 읽었던 시 한 구절이 떠올랐다. 오, "휠체어에 탄 사람처럼 다리 대신 엉덩이로 다니는", "발 대신 바퀴가 땅을 밟는" 삶, 그리하여 "새보다 적게 땅을 밟는" 삶이. "한순간도 땅에 내려앉을 틈이 없"(김기택, 「그는 새보다도 적게 땅을 밟는다」)는 우리의 자화상이.

땅은커녕 아스팔트조차 제대로 밟아 보지 못하는, 새 다리처럼 가느다란 딸아이의 두 다리가 싸 — 하니 떠올랐다. 뒤차가 조심스레 클랙슨을 울렸다. 깜짝 놀라 액셀을 밟을 뻔했다. 일순 잡고 있던 핸들이 삐끗했던가.

날개가 없는데도 항상 땅 위를 날아다니는 내 삶의 모양새로 인해 딸아이까지 붕붕 떠다니고 있었다니!

오므렸다 폈다

"내 육십칠 평생이 벌레처럼 오므렸다 폈다 한 생이었다."
며칠 전 만난 시 쓰는 친구가 큰스님의 안부와 함께 전해 준
최근 말씀이었다. 서늘한 울림이 오래 남아 그 말씀을 남편
에게 전하자 남편도 일기입공(一技入功)이라는 말까지 섞어
가며 맞장구쳤다. 자기 나름의 올바른 방편을 찾아 평생을
두고 반복하고 또 반복하는 것이 수련의 기본인데, 스님은
스님의 방편으로 평생을 오므렸다 폈다만 반복하셨다니 그
공력이 대단할 것이라는 거였다.

3년 전쯤 우리 가족은 시 쓰는 친구들과 동해안 여행을
갔다. 그때 백담사에서 묵었던 하룻밤은 귀한 기억으로 남
아 있다. 경계를 지우며 하얗게 쌓인 함박눈 위로 늦은 저녁

달빛이 자분자분 내려앉는 내내, 큰스님은 불한당처럼 쳐들어온 젊은 글쟁이들에게 허물없으셨고, 수도자의 혜안이 배어 나는 큰스님의 농담은 죽비소리 같았다. 두 살배기 딸애의 천진난만은 활기를 더했다. 스님 방에 들어가자마자 똥을 한 무더기 누는가 하면 스님께서 "뭘 주고 싶은데 마땅치 않네." 하시자 "부처님, 고구마 없어."라고 응대하기도 했다.

　　바른 방편을 찾아 한길로 파고 들어가는 수도자의 자세를 끌어내는 남편의 해석은 그럴 듯도 했다. 스님과의 추억에 기대 일기입공의 다른 방편들을 주거니 받거니 하며 남편과 밤늦게까지 권커니 잣거니 하던 바로 그 시간이었다. 화성에 있는 씨랜드 수련원에서는 꽃봉오리 유치원생 20여 명이 '엄마'와 '선생님'을 울부짖으며 불타는 방 한구석에 웅크린 채 덜덜 떨고 있었다. 날림의 건물 속에서, 날림의 관계자들에게 방치된 채, 꼼짝할 도리 없이 앉아 숨이 막히고 있었다. 엄마 아빠는 너무 멀리 있었고 선생님들은 인근에서 술을 마시고 있었다.

　　이튿날 함께 TV 뉴스를 보던, 꽃봉오리들 또래인 다섯 살배기 딸애는 겁에 질린 듯 내 옆구리에 붙어 "왜 불이 났어?", "친구들은 어떻게 됐어?"를 연신 물었다. 나는 대답해 줄 말이 없었다. 인솔 교사는, 소방원은, 건물주는, 건축 관계자는, 군청 직원은 무엇을 했단 말인가.

TV와 등지게 딸을 품에 안고 머리를 쓰다듬듯 귀를 살짝 막으며 나는 일기입공의 '오므렸다 폈다'를 생각했다. 평생을 한 분야에서 올바른 방편을 찾아 반복하고 또 반복하며 그 방편을 자신에게 새기는 사람들을 생각했다. 각 분야에 튼튼한 기준을 세워 주는 그런 전문성과 깊이와 성실성을 생각했다. 저 불 속에서 꽃봉오리들이 타들어 가기 전, 그 누구 하나라도 제 분야에서 "오므렸다 폈다"를 반복하며 일기입공의 방편을 찾는 사람이 있었더라면 막을 수 있었던 불행은 아니었을까.

아무런 방편도 없이 부나방처럼 눈앞의 이익만을 좇는 사람들이 주류를 이루는 사회, 자기 이익만을 좇다 다수의 타인에게 엄청난 고통을 주는 그런 사람들이 행세하는 사회가 우리의 현주소다. 그런 주류와 행세가 득세하는 한, 우리 사회의 기반은 저 날림의 컨테이너 가건물과 다를 바 없지 않을 것이다. 그 미래 또한 엿가락처럼 녹아내린 저 고철더미에 불과할 것이다.

마음을 좀 들여다봐 주세요!

"누구든 그 자체로 온전한 섬은 아니다. 모든 인간은 대륙의 한 조각이며, 대양의 일부다. (……) 그러니 누구를 위하여 종이 울리는지를 알려고 하지 마라. 종은 그대를 위하여 울리는 것이다."라고 했던 이는 17세기 영국 시인 존 던이었다. 그리고 "인간은 서로 화합하기 위해 태어났다/ 서로 이해하고 서로 사랑하기 위해 태어났다."라고 노래했던 이는 20세기 프랑스 시인 폴 엘뤼아르였다.

인간은 섬이 아니다. 혼자서 존재할 수 없다. 누군가의 죽음은 나의 삶으로, 누군가의 울음은 나의 눈물로 이어져 있다. 우리가 화합하고 이해하고 사랑하고 연대해야 하는 까닭이다.

'학교 폭력', '병든 10대', '청소년 비행'이라는 단어들이 연일 지면과 화면을 도배하고 있다. 근본 원인이니 대책 마련이니, 교권 확보니 무한 입시 경쟁이니, 왜곡이니 해명이니, 설왕설래 중이다. 몸은 커지고 욕망은 부풀 대로 부풀었는데 그에 합당한 인성 교육은 생략된 채 입시 경쟁에 내몰린 탓이라 한다. 맞벌이 부부나 편부모가 늘면서 생업에 급급해 아이 교육을 학교와 학원에 떠넘긴 탓이라고 하고, 음란 도박 게임 폭력물이 넘치는 인터넷이나 모바일 기기가 폭력을 가르치고 범죄 도구로 쓰인 탓이라고 한다. 무한 경쟁 시스템을 확대 재생산하면서 처벌만 강조하는 교육 당국과 교육 정책 탓이라고도 한다.

청소년을 자녀로 둔 부모와 청소년을 학생으로 둔 교사들이 체감하는 청소년 문제는 지면이나 화면보다 훨씬 심각하고 난감하다. 원인이 한둘이 아니고 쉽사리 해결 가능한 것도 아니기에 자포자기 심정이 되기도 한다. 아이들이 병들었는데 가정과 학교와 사회와 국가의 미래가 무사할 리 만무하다.

연대와 나눔은 공감과 배려에서, 공감과 배려는 이해와 존중에서, 이해와 존중은 상상과 관심에서 비롯된다. 죄다 마음이 하는 일이고, 마음과 마음을 섞는 일이다. 한데 이 마음은 보이지 않는 곳에 자리하기에 일등, 합격, 명품, 게임, 성형 등 눈에 보이는 것만을 믿고 좇는 우리 아이들이 날로 낮아지는 게 이 '마음지수'다. 이 마음을 소홀히하는 데서부터 청소년 문제들이 파생되는 것은 분명한 사실이다.

우리가 일상에서 주고받는 말 중 사용 빈도수가 가장 높은 단어가 '마음'이란다. 사람의 마음이라는 게 그만큼 알기 어렵고, 얻는 것은 물론 간직하기도 어렵기 때문일 것이다. 실은 보이지 않는 마음을 보고 듣고 맡고 만지고 맛보는 자들이 시인이다. 보게 하고 듣게 하고 맡게 하고 만지게 하고 맛보게 하는 자들이기도 하다. 나는 그렇게 믿는다. 그러니 보이지 않는 것들에 대해 상상하고 공감하고 사랑하는 마음이 바로 시심이라고. 시 뒤에 유독 사람(人)과 마음(心)을 붙이는 까닭이라고.

시의 기본은 세상 만물에 마음을 부여하는 의인화에서 찾을 수 있다. "사물도 꿈을 꾼다."라는 현상학적 명제는 여기에서 나왔다. 꽃, 나무, 강아지, 세상 모든 것들과 대화하고 그들과 친구가 될 수 있는 아이들의 마음이 동심(童心)이고, 그 동심이 바로 세상 만물에서 마음을 읽어 낼 수 있는 능력이다. 그러니 오랫동안 시심과 동심은 한통속이었다.

도화선처럼 달려가는 시심은 "자, 눈을 감고, 마음속으

로, 그려 봐, 느껴 봐, 상상해 봐, 생각해 봐."라는 주문으로
부터 발화된다. 실은 시심의 다른 이름, 공감과 배려의 출발
점을 얘기하고 싶었다. 보이지 않는 무엇인가를 그리고 느
끼고 상상하고 생각하는 마음의 능력이 향상된다면, 타인의
마음에서부터 세상 만물의 마음까지를 헤아리는 일은 자연
스럽게 이루어질 것이라 믿는다. 인지상정, 역지사지, 측은
지심의 마음이 살아 있다면 스스로는 물론 타인과 세상 만
물을 함부로 대할 수 없을 것이라 믿는다. 내가 아프면 남들
도 아프고, 남들이 아프면 나도 아프다는 것을 알게 할 수만
있다면!

　　그러니 마음을 들여다보고, 마음을 다스리고, 마음을
나누고, 마음을 표현하는 교육에서부터 청소년 문제의 답을
찾는다면 어떨까. 심미적 감성이나 유희 정신이라는 말도
좋고, 철학적 성찰이나 마음챙김이라는 말도 좋겠다. 그러
니까 이렇게 안 보이는 것들을 믿을 수 있고, 안 보이는 것들
이 가진 가능성과 가치를 헤아릴 수 있는 사회 풍토와 교육
현장 조성이 청소년 문제 해결의 근본임을 말하고 싶었다.
아이들은 우리의 거울이다. 그러니 가정에서 사회에서 우리
가 용도 폐기하고 있는 사랑, 꿈, 희망, 자유, 정의, 윤리, 평
화, 아름다움, 나눔, 연대와 같은 인문적 소양부터 점검해 볼

일이다.

　나는 꿈꿔 본다. 상처받고 닫히고 억압된 청소년들의 마음이 상상하고 분출하고 창조하는 마음으로 갈무리될 수 있는 그런 마음의 뒷길, 마음의 소롯길, 마음의 마중길을 만들어 줄 수만 있다면? 상상하는 마음이야말로 사람을 헤아리고 사랑을 이끄는 힘이고, 공감하는 마음이야말로 세상 만물을 다르게 바라보고 더 나은 세상을 향해 함께 나누고 함께 연대하는 힘이다. 대책 없는 이 총체적 난국에 아이의 마음, 시인의 마음을 들춰내 대책으로 삼으려는 이 중언부언은 그러니까, 단지, 시대착오적이고 덜떨어진 시인의 '들이댐'일 것인가.

2장

그럼에도 아버지

아버지의 손목시계

하룻밤 자고 갈란다. 팔순을 훌쩍 넘긴 아버지가, 쉰을 훌쩍 넘은 큰오빠의 부축을 받으며 현관을 불쑥 들어서며 내민 첫마디였다. 늘 출가외인이라며 멀리했던 딸의 집, 그것도 막내딸 집에서 주무시고 가겠다니! 막내딸 출가한 지 15년 만에 처음 있는 일이었다. 지난여름의 일이었고, 아버지는 흰 모시 한복에 파나마 모자와 지팡이를 짚고 오셨다.

숟가락만 달랑 하나 더 놓은 저녁상을 받고도 손주들이 연신 따라 올리는 백세주 한 병을 다 드시면서 흡족해하셨다. 사진 한 장 찍어 둬라. 마치 사진을 찍기 위해 다니러 오신 듯 양 품에 두 손주를 안고 몇 장의 사진을 찍은 후 곧바로 잠자리에 드셨다.

잠자리가 바뀌어서였을까. 아버지는 밤새 잠을 이루지 못하셨다. 천식성 밭은기침이 들이닥칠 때마다 일어나 앉았다 소파에 나가 앉기를 반복했다. 가쁜 숨을 토해 내듯 길게 담배를 피우시다가 고개를 숙이고 졸기도 했다. 파자마 밑으로 삐져나온 긴 발목과 복숭아뼈가 앙상했다.

무량타, 사진 한 장 더 찍어 둬라. 등교든 출근이든 아침이면 일제히 몰려 나가는 막내딸네와의 부산한 아침 식사 도중 하신 말씀이었다. 식사를 마치고 손주들이 먼저 학교에 가면서 "할아버지, 안녕히 가세요." 하며 큰절을 올리자 북받친 듯 겨워하시기도 했다.

저녁 귀가 후 집 청소를 하는데 소파에서 툭, 하니 아버지 시계가 떨어졌다. 20여 년 전 둘째 오빠가 선물해 드렸던 회사 로고가 새겨진 금장 도색의 오리엔트 손목시계였다. 모서리마다 이미 금도금이 벗겨져 있었다. 그런데, 세 개의 바늘이 1시와 39분과 28초를 가리킨 채 멈춰 있었다. 순간 가슴이 철렁했다. 아버지에게 손목시계는 장식품에 불과했던 게다.

아버지는 갑자기 무슨 생각으로 막내딸 집을 방문한 것이며, 아버지의 시계는 언제부터 멈춰 있었던 걸까. 도대체 언제부터 아버지 삶에서 시간은 의미가 없어져 버린 걸까.

그러니 아버지는 언제부터 이 삶에서 시간의 경계를 훌쩍 넘어 버리셨던 걸까.

그냥 둬라. 시계를 가져다드리겠다고 전화했을 때 아무렇지도 않은 듯 툭 던지셨던 아버지의 말이었다. 이젠 장식으로도 귀찮으시다는 걸까. 이튿날 시계방에 달려가 건전지를 갈아 끼워 봤으나 세 개의 시곗바늘은 여전히 움직이지 않았다. 이 시계 꼭 고쳐 주세요. 고치는 값이 더 든다고 시큰둥해하는 시계방 주인에게 낡고 낡은 아버지의 시계를 맡기고 나오는데 또 가슴이 먹먹했다.

사진 속 아버지는 양 품에 어린 손주들을 안고 한껏 웃고 계시는데, 유품으로 남겨진 아버지의 오리엔트 손목시계는 다시 숨 가쁘게 제 시간을 달리고 있는데…….

흰 정강이뼈 하나 베고 누워

"스님, 불 들어갑니다. 어서 나오세요."

　법정 스님이 입적했을 때 송광사 다비식에서 거화(擧
火) 직전 한 스님이 외쳤던 말이다. 그 외침은 TV 생중계 영
상 화면을 뚫고 내 가슴에 사무쳤다. 얼마 전 아버지를 떠나
보낸 슬픔이 더해졌을 것이다. 아버지의 주검 앞에서, 관 앞
에서, 영정 앞에서, 새로 단장한 무덤 앞에서, 그리고 한동안
은 우두커니 침대 맡에서 아버지의 유품이 된 낡은 시계를
만지작거리며 부지불식간에 속엣말을 건네곤 했다. 아부지
이제 편안하죠? 좋은 곳으로 간 거죠? 고생하셨어요. 고맙
고 또 사랑해요. 아부지 거기서 보기에 여긴 어때요? 그래도
여긴 걱정 마요, 모두 잘 해내고 있으니……

TV 영상 화면은 꼬박 하루를 타다 잦아드는 잉걸불 더미를 가까이 클로즈업해 보여 주고 있었다. 그때였다. 그 환한 불더미 사이에서 스치듯 잠깐, 가로로 누워 있는 하얗고 긴 뼈를 보았다. 아니, 본 것 같다. 어쩌면 흰 뼈가 아니라 재로 스러지기 직전의, 타고 남은 참나무 둥치였는지도 모른다. 그러나 1초도 안 되는 순간의 영상에서 나는 그것이 스님의 흰 정강이뼈임을 직감했다. 나도 모르게 짧은 탄성이 터졌다. 순결하리만큼 하얗고, 등불처럼 환하고, 군더더기 없이 간소한 그것, 참으로 예뻤다!

키가 크고 마르셨던 아버지의 정강이뼈도 저러했으리라. 물론 아버지의 흰 정강이뼈는 천천히 흙과 더불어 육탈하겠지만 말이다. 그러고는 퍼뜩, 말맛이 좋아 주문처럼 외우고 있던 "부증생 부증멸(不曾生 不曾滅), 명부득 상부득(名不得 狀不得), 취부득 사부득(取不得 捨不得)."이라는 법문이 떠올랐다.

여기 이것 하나가 있느니 본래부터 한없이 밝고 신령스러워

생겨난 적도 없고 없어진 적도 없으며, 이름을 지을 수 없고 모양을 그릴 수도 없네

(有一物於此 從本以來 昭昭靈靈, 유일물어차 종본이래 소
소영영

　　不曾生 不曾滅 名不得 狀不得, 부증생 부증멸 명부득 상
부득)

　　　　　　　　　― 서산대사 휴정의 『선가귀감(禪家龜鑑)』

　　얻을 수도 없고 버릴 수도 없나니, 어쩔 수 없는 가운
데 이리되었을 뿐이로다

　　(取不得 捨不得 不可得中 只麼得, 취부득 사부득 불가득중
지마득)

　　　　　　　　　― 영가 현각 스님의 게송시 「증도가(證道歌)」

　　수많은 큰스님들이 바로 '여기 이것 하나(一物)'를 찾아
"이 뭐꼬."를 되풀이해 물었으리라. 잉걸불 더미에 누워 있
는 흰 정강이뼈를 보는 순간, '이것 하나'가 바로 '저 가느다
랗고 기다란 뼈 한 마디'가 아닐까 생각했다. 얻을 수도 버
릴 수도 없다는 '취부득 사부득'은 불교의 다비식 절차를 정
리한 의례서 다비문(茶毘文)에도 나온다. 삶은 저리 뼈 몇 마
디를 남기고, 죽음은 그 뼈 몇 마디를 통해 확인된다. 결국은
아무것도 아니고, 아무것도 남기지 않음으로써 완성된다는

점에서 삶과 죽음은 한통속이다.

　설악의 무산 큰스님의 일갈이 떠올랐다. 정밀 검사를 받으셨다는 소식을 듣고 문안을 올렸을 때 호탕하게 웃으시며 이렇게 답하셨다. "내가 본디 없는데 몸이 어디 있으며 몸이 없는데 병이 어디 있겠노."

　부증생 부증멸 명부득 상부득 취부득 사부득이랬거니, 아버지도 법정 스님도 큰스님도 나도⋯⋯. 그러니, "저 환한 것/ 저 불가능한 것// 지는 벚꽃 아래/ 목침 삼아 베고 누워/ 한뎃잠이나 한숨 청해 볼까// 털끝만 한 그늘 한 점 없이/ 오직 예쁠 뿐!"(정끝별,「봄」)

이제 귀뚜라미 정강이도
시려 오겠다

가을이다. 여름 더위가 한풀 꺾이기 시작한다는 처서도, 들녘 풋것들에 흰 이슬이 맺히기 시작한다는 백로(白露)도 지났다. 1년 중 달이 가장 둥그렇고 환하다는 한가위도, 급기야는 국화꽃에 찬 이슬이 맺히기 시작한다는 한로도 다 지났다. 하루가 다르게 누렇게 여문 벼들의 고개가 무거워지고 텃밭의 고추도 빨갛게 물이 드는 즈음이다.

언제부턴가 가을인가 싶으면 금세 겨울에 들어서 있기 일쑤더니, 웬걸, 올해는 가을이 길어도 참 길다. 윤달이 끼어서 가을이 늦어졌나 보다. 그럼에도 여전히 추석이랑 고향이랑 단풍이랑 대추랑 감이랑 상수리랑 밤나무랑 갈대랑 으악새랑…… 이런 것들이 한껏 가을을 부추기고 있다. 이처럼 가을이 소슬히 깊어지는 즈음이면 "귀뚜라미 정강이 시린 백로(白露)"(박용래, 「은버들 몇 잎」)라는 시구절이 떠오른다.

백로를 귀뚜라미 정강이가 시리다고 명명하다니! 가슴까지 서늘해지는 감각이다. 귀뚜라미 울음소리가 예전만큼 흔한 일이 아닌 터라 귀뚜라미의 기다랗고 가느다란 다리와, 그 다리에 맺힐 법도 한 흰 이슬을 떠올리는 일은 적적(寂寂)하고 요요(寥寥)한 일이다. 이미 지나간 시간에 속해 버린 피붙이를 떠올릴 때면 더욱 그러하다. 스스로에게 약간의 외로움과 약간의 그리움을 용납하는 이 가을 덕분에 나는 오십을 먹어도 소년 소녀가 되나 보다.

"어머니 어머니 하고/ 외어 본다/ 이 가을/ 아버지 아버지 하고/ 외어 본다/ 이 가을/ 가을은/ 오십 먹은 소년/ 먹감에 비치는 산천/ 굽이치는 물머리/ 잔 들고/ 어스름에 스러지누나/ 자다 깨다/ 깨다 자다."(박용래, 「먹감」)

이제는 곁에 없는 어머니 아버지, 먹감에 비치는 산천, 굽이치는 물머리를 안주 삼아 애잔하게 잔을 기울이는 한, 오십을 먹어도 소년 소녀다. 어머니 아버지 기억에서부터 귀뚜라미 정강이까지 점점 시린 것들 많아지니, 추석이란 그 이름에 걸맞게, 흩어졌던 식구(食口)들 모두 한가위 달 아래 모여 소년 소녀가 되어 서로를 울력하라는 날일 거다. 유난히 긴 올 추석 연휴에도 고소한 기름 냄새 속에서 왁자하니 숟가락 부딪는 소리를 피워 올리라는 날일 거다. 가을 한가운데 한가위가 있는 이유이기도 할 것이다.

아침저녁으로 갈바람은 살갗에 백로, 그러니까 흰 이슬을 닮은 소름을 일으키고 달아난다. 따뜻한 아랫목이랑 국밥이랑 설렁탕이랑 군밤이랑 유자차랑 호빵이랑…… 이런 것들이 그리워지는 계절이다. 오늘 저녁에는 햇고구마라도 쪄서 놀이터 옆 벤치로 밤마실이라도 가야겠다. 먹고 돌아서자마자 다시 먹을 거를 찾아대는 아이들과 갈바람 맞으러 밤마실 나온 이웃들을 위해 넉넉히 담아야겠다.

따끈하고 달콤한 고구마를 베어 물다 문득 날로 가늘어져 가는 제 정강이를 쓰다듬게 되는 가을 저녁이 될 것이다. 미뤄 둔 '가을 울력'이라는 시를 완성하는 밤일 것이다.

안개 속 풍경

아버지는 어디 있는가. 7일마다 일곱 번의 제사를 지냈던 아버지의 49재도 끝이 났다. 49재 사이사이, 마흔다섯 해 동안 검지처럼 내 삶의 '기표' 역할을 했던 아버지를 내 삶의 '기의'로 번역하곤 했다. 아버지 삶을 내 문장으로 완성한다는 건 아마 내가 아버지와 살았던 만큼의 시간이 필요한 일일지 모른다.

"깜깜한 식솔들을 이 가지 저 가지에 달고/ 아버진 이 안개 속을 어떻게 건너셨어요?/ 닿는 모든 것들이 벌겋게 삭아내리는/ 이 어리굴젓 속에서 어떻게 견디셨어요?"(정끝별, 「안개 속 풍경」) 내 시의 한 구절이다. 시 중간에 "무섭니? 하면 깔깔깔 응 우서워"라고 대답하는 '두 살배기'가 등장하는 걸 보면 삼십 대 초반쯤에 영화 「안개 속의 풍경」을 떠올리며 썼을 것이다. 그 영화는 내게 한 편의 영화라기보다 한없이 척박하고 한없이 막막하고 한없이 습습했던 한 편의 회화이자 한 편의 음악으로 기억된다. 오래된 미래의 내가 지금의 내게 쓴 한 통의 편지에 담긴.

영화는 이렇게 시작한다. 자기 전 어린 누이는 더 어린 남동생에게 "태초에는 어둠이었어. 그런 다음 빛이 있었어."라는 성경 구절과 함께 이야기를 들려주곤 한다. 그리고 어느 날 어린 남매는 드디어 두 손을 꼭 잡고 얼굴 한 번 본 적 없는 아버지를 찾아 기차에 오른다.(세상 아버지들은 왜 늘 지금-여기에 부재하는 걸까?) 영화는 그렇게 시작한다. 영화 끝에서 다시 반복되는 이 읊조림 때문에 이 영화는 내게 '태초에 안개가 있었어.'라는 문장으로 남아 있다.

영화 속 어린 남매는 서로의 손을 잡고 '안개'로 비유되는 세상 속으로 들어선다. 그 세상은 삶이기도 하고 죽음이기도 할 것이다. 이 시를 쓸 때 나는 두 살배기 딸애의 손을 잡고 안개 속을 건너고 있었다. 그리고 그때 나는 여섯 남매를 이끌고 안개 속을 헤쳐 나가는 젊은 아버지를 떠올렸다. 아이를 낳고 아이를 키우면서 그제서야 비로소 아버지가 보이기 시작했던 것인데, 두 살배기 딸애의 손을 잡고 안개 한

가운데 이르러서야 아버지가 온몸으로 통과해 온 안개 속 삶이 보였다.

안개에 점령당한 막막한 지평선 끝으로 한 그루 나무가 서 있다. 영화의 마지막 장면이다. 얼굴 한 번 본 적 없는 아버지를 찾아 강을 건너고 국경수비대의 총소리를 뚫고 도착한 곳이다. 길에서 만난 세상은 얼마나 무관심하고 무섭고 어린 남매는 또 얼마나 무모하고 무력했던가. 아버지가 독일에 있다는 삼촌의 말은 거짓말이었고 엄마조차 아버지가 누군지 모른다는 것이 밝혀진 후 어린 남매가 안개 끝에서 발견한 나무였다. 그 나무가 삶 속의 나무인지, 죽음 속의 나무인지는 애매하다. 마치 그토록 만나고 싶었던 아버지처럼 애매하게.

그 이름 모를 한 그루 나무에서 나도 아버지를 떠올렸다. 어린 나를 업어 재워 주던 아버지의 등을 떠올렸고 등나무라는 이름의 한 그루 희망을 떠올렸다. 가까스로의 희망 한 그루, 그 나무의 이름이 등나무로 떠올랐던 건 순전히 아버지의 등 때문이었다.

세상 아버지는 다 어디 있는가. 태초에 안개가 있었고 여전히 나는 여기 안개 속에 있으니, 이 안개 속을 안개처럼 여행하고 있으니, 이제는 양손에 두 아이의 손을 잡고 가고 있으니, 아버지, 다시 한번 "무섭니?"라고 물어 주세요, 그러면 큰 소리로 "아니 안 무서워요!"라고 대답할게요, "응 우서워"라고 대답했던 내 두 살배기처럼요. 이제는 다시 볼 수 없는, 아버지, 이제 다시는 업혀 볼 수 없는, 아버지의 커다란 등!

"이 이야기는 절대 끝나지 않을 거야." 잠들기 전 어린 누이가 더 어린 남동생에게 들려주었던 이야기의 마지막 문장이다. 세상의 아버지를 찾아가는 일이 그렇듯, 아버지를 번역하는 일도, 아버지를 문장화하는 일도, 내겐 끝나지 않는 이야기들이다.

목련이 아버지 런닝구처럼 피었다

저녁 귀갓길이었다. 차를 세우고 아파트 입구에 들어서려는데 홀연히 허공이 환한 느낌이었다. 고개를 들어 보니 목련꽃이 활짝 피어 있었다. 아, 하는 탄성이 절로 터져 나오는 순간 쏴 하는 소낙비 소리가 들리는 듯했다. 훅 달려드는 봄밤의 목련꽃 향기에 밴 비릿한 물 냄새 아니 흙냄새 때문이었나 보다. 순간 흰 목련꽃 더미가 아버지 런닝구처럼 보였다.

그래, 여름이면 아버지 일상복은 반팔 런닝구였지. 이른 아침마다 런닝구 차림으로 마당의 꽃나무들을 향해 물을 뿌려 주곤 했지. 아버지는 유난히 꽃과 나무를 좋아했다. 내가 어렸을 적 아버지는 너른 시골집 담 안쪽으로 대추나무,

포도나무, 감나무, 잣나무, 석류나무, 앵두나무 등 온갖 유실수를 심어 둘레로 삼았다. 서울로 이사와 가까스로 장만한 집의 좁은 마당에도 아버지는 온갖 꽃나무를 심었다. 좁은 공간 탓에 분재라든가 화분을 애용했는데 심지어 대문 지붕 위에도 커다란 나무를 심은 화분을 올려놓았다. 겨울이면 그 화분들은 난로와 함께 거실을 가득 채웠다.

쏴쏴쏴 ― 아버지의 일과는 2층 베란다에서 고무호스로 마당이나 화분에 심어진 온갖 꽃나무에 물을 주는 일로 시작되곤 했다. 물론 런닝구 차림이었다. 지금 생각하면 그게 육 남매를 깨우는 신호탄이었건만 쏴쏴쏴 ― 하는 물소리를 피해 우리는 머리를 베개나 이불 밑으로 더 깊숙이 처박곤 했다. 특히 여름이면, 열어 놓은 창문 너머로 비릿한 흙냄새를 풍기며 소낙비처럼 내리던 쏴쏴쏴 ― 하는 물소리는 알람 소리보다도 더 요란했다.

아버지가 흙에 깃드신 후부터 우리 육 남매는 한식을 전후로 아버지 무덤 근처에 꽃나무들을 심기 시작했다. 아버지가 손수 물을 주며 키우셨던 나무들을 옮겨 심기도 했다. 유독 '꽃나무 욕심'이 많으셨던 아버지를 위한, 그런 아버지를 기억하려는 마음에서였다. 올봄 한식에도 어린 철쭉 묘목 200여 그루를 심고 왔다. 말이 200여 그루지 철쭉 자체가 관목인 데다 가냘픈 묘목인지라, 심어 놓고 나니 듬성 듬성한 게 털 빠진 낙타 등허리 같았다.

아버지는 늘 꽃보다는 나무를, 나무와 하나된 나무속의 꽃을 자연스럽게 여기셨다. 그러니 꽃이 폈다고 유별스레 반기지도 않았고 꽃이 졌다고 아쉬워하지도 않았다. 나무가 거느리는 꽃을, 나뭇가지와 잎과 더불어 피어 있는 꽃을 즐겼다. 아버지에게 꽃은 가지나 잎, 뿌리나 열매와 크게 다르지 않았을 것이다. 실은 내게도 꽃은 그러하다.

목련을 보면 아버지가 떠오른다. 꽃들이 피워 내는 비릿한 향기는 이른 아침마다 아버지가 내 창문 너머로 세차게 뿌렸던 물소리를 떠오르게 한다. 쏴쏴쏴 — 아침잠을 방해했던 그 물소리가 그때는 아버지 잔소리처럼 귀찮았으나 지금은 그립기만 하다. 부재는 늘 그리움의 원천이다. 고향 집 담을 따라 심어졌던 온갖 과실수들이, 서울로 올라와 어렵게 입성했던 그 이층집의 베란다를 오락가락하시던 아버지 슬리퍼 소리가, 이른 아침이면 쏴쏴쏴 — 흙냄새를 끌어올리며 우리를 깨우곤 했던 아버지의 물소리가……

깨끗한 거절은 절반의 선물

'우리가 남이가?'라며 안으로 굽은 팔로 서로 봐주고 대 주고 몰아주고 밀어주다가, '니들이 남이야.'라며 내리친 주먹으로 뺏고 끊고 잘라 내고 밀어낸다. 그러다 뭔가가 꼬인다. 꼬인 몸통이 드러날 즈음 누군가 죽는다. 죽은 자가 꼬리다. 몸통은 이제 다른 꼬리를 만들 것이다.

특정의 정치적 사안을 말하는 게 아니다. 우리 사회에 두루 널린 한 단면을 알레고리화한 것이다. 우리나라에서는 한 다리 건너 두 다리, 그리고 세 다리만 건너면 다 통한단다. 학연, 지연, 혈연, 하다못해 이웃사촌에서 사돈네 팔촌까지 뒤적이다 보면 어딘가는 걸린단다. 솥단지든 술잔이든, 베개든 문고리든, 숟가락이든 젓가락이든, 그런 것들을 중

심으로 오고 가는 '사바사바'와 '알음알음'을 얘기한 것이다. 실은 숱한 거절을 하고 거절을 당했을 내 아버지 얘기며, 거절할 권력조차 가져 본 적이 없는 내 얘기다.

　나는 아버지가 어떤 생을 사시다 가셨는지 다 알지 못한다. 여든다섯 해의 아버지 삶에서 나는 그 절반 정도를 함께했을 뿐이고, 아버지 인생 후반에 해당하는 그 절반의 절반 중 일부만을 기억할 뿐이다. 아버지가 돌아가시고 나서야 나는 퍼즐을 맞추듯 몇 조각의 기억과 말씀으로 아버지를 추억하고 아버지 삶을 완성해 가는 중이다.

　"깨끗한 거절은 절반의 선물이다." 최근에 복기한 아버지의 입말 중 하나다. 우리 육 남매가 사회에 첫발을 내디딜 때, 사회에 나가 작은 성공과 실패에 직면했을 때 일러 주셨던 말씀이다. 아버지 말 태반을 그러했듯 나는 그 말씀도 잔소리로 흘려들었다. 그러니 한 번도 생각해 보지 않았다. 앞서 언급한 일련의 알레고리가 권력의 수뇌부에서 재현되고 있는 최근, 그 말이 떠올랐다.

　서른 즈음에서 마흔 즈음이었을까. 내 얘기다. 입체적으로 총체적으로 인생 난맥상이었다. 딱히 불행한 일이 있었던 건 아니었으나 늘 바빴고 늘 시간에 쫓겼다. 원하는 것 앞에서 늘 미끄러지곤 했다. 엄마의 입말 중 "미친년 널뛰

듯"이라는 말이 있는데, 딱 그 형국이었다. 잦은 위염과 불면과 두통이 엄습해 오곤 했다. 그 난맥의 한 뿌리가 거절하지 못한 데 있다는 걸 깨달은 건 한참 후였다.

명령이라서 거절하지 못했고 부탁이라서 거절하지 못했다. 제안이고 약속이라서 거절하지 못했고, 연대고 고백이라서 거절하지 못했다. 아니다. 거절을 못 했던 진짜 이유는 그것들이 다 일종의 거래였기 때문이었을 것이다. 거절하지 못한 내가 이후에 상대에게 다시 명령하고 부탁하고 제안하기 위해서였을 것이고, 또다시 약속하고 연대하고 고백하기 위해서였을 것이다.

거절해야 할 때 거절하지 못하는 건 바라는 게 있기 때문이다. 그러니 거절하는 게 거래 혹은 권력으로부터의 자유이고, 거절할 수 있다는 게 또 다른 자유이자 권력이라는 걸 알게 된 건 또 언제였을까. 거절해야 할 때 거절하는 것이 선물이다. 따뜻하되 냉정하고 부드럽되 단호한 거절, 숙고하되 여지가 없는 거절, 마음을 담은 그런 거절은 거절하는 자를 깨끗하게 하지만 더 나아가 상대의 깨끗한 단념을 부른다. 지지부진한, 마지못한, 어쩔 수 없는, 어영부영한 거절이야말로 돈도 잃고 인심도 잃고 사람도 잃게 한다.

아버지가 깨끗한 거절을 실천하시며 사셨는지 나로서

는 알 수 없다. 그러나 전전긍긍에 종종 다급했던 아버지를 본 적은 있다. 그때마다 허가와 선처를 의뢰하고, 판결과 취업을 청탁하고, 지도와 편달과 진급을 부탁하셨는지도 모를 일이다. "깨끗한 거절은 절반의 선물"이라는 말에서, 깨끗한 거절이야말로 청탁할 수밖에 없는 상대를 덜 비루하게 하고 덜 상처받게 하려는 배려이기도 하다는 걸 알아챈 건 아버지가 돌아가시고 난 후였다. 어떠한 거절에도 덜 상처받으려는, 부탁하는 자의 자존심이 담긴 말이라는 것도. 그러고 보면 아버지의 말은 부탁을 많이 해 본 자의 바람이었는지도 모른다.

세상 모든 아버지의 어깨

"철로가 보인다, 조롱받는 노쇠한 말처럼/ 고개를 떨군 한 사나이가 걷고 있다/ 드문드문 몇 그루 미루나무/ 풀더미 무성한 침목을 따라 한 사나이/ 이제 소용이 닿지 않는 철로를 간간이 두드리며/ 바스락바스락 흘러가고 있다."(정끝별, 「철로에 갇힌 사나이」) 서른 살의 내게 아버지는 폐쇄된 철로를 관리하는 철도 역무원처럼 보였다.

스무 살의 내게 아버지는 바다 한가운데 우뚝 선, 온갖 비바람과 파도와 맞서 더 깊이 더 멀리 나아가는 지칠 줄 모르는 수부(水夫)처럼 보였다. 그리고 마흔이 된 내게 아버지는 어디서든 자주 졸다 깜빡깜빡 맥을 놓아 버리기 일쑤인 노쇠한 당나귀처럼 보였다.

며칠 전 대천 해수욕장에서였다. 오빠 내외가 콘도를 잡아 놓고 부모님과 온 가족들을 초대했다. 가는 동안 칠순의 엄마는 멀미했고 바닷가에 도착해서는 모래사장에서 내내 잠만 주무셨다. 온갖 종류의 김치와 간식거리를 준비하시느라 꼬박 이틀 밤을 설치셨다 했다. 덕분에 우리는 아침은 물론 수시로 엄마가 손으로 죽죽 찢어 주시는 갓 담근 배추김치와 파김치, 깻잎김치를 갓 지은 밥에 올려 두세 그릇씩을 뚝딱 비우곤 했다. 엄마는 연신 "더 먹어라, 더 먹어." 하시며 분주했다.

칠순 중반을 넘긴 아버지는 차에서는 내내 주무시다가 바닷가에서는 바다를 등지고 낮은 파도 끝자락에 몸을 담근 채 앉아 계셨다. "아부지, 힘드세요?"라고 묻자 "이 나이에 여기까지 온 것만도 행복이고 기적이다."라고 응하셨다. 그러고 보니 바닷가에는 노인들이 없었다. 나만 해도 다섯 살배기가 바다를 노래해서 온 것이지, 부모님은 물론 시부모님을 모시고 바다에 올 생각에는 미치지 못했다. 젊은 엄마 아빠가 산과 바다, 해외에서 아이들과 휴가를 즐길 때, 그 젊은 엄마 아빠의 늙은 부모들은 다 어디에 있는 걸까?

아버지는 바다 끝자락에 앉아 모래사장의 바글대는 사람들을 보고 있었다. 그늘막 아래 옹기종기 앉아 있던, 눈에

그
럼
에
도

아
버
지

넣어도 아프지 않은 손주들과 자신의 식솔들을 보고 있었다. 저 어깨로 어떻게 육 남매 목말을 태우셨던 걸까. 저 어깨로 어떻게 쌀 한 가마를 가뿐히 지고 저무는 문간을 들어오셨던 걸까. 파도가 바다의 수평선을 만들고 그 수평선에 잦아들 듯, 어느덧 아버지는 아버지의 어깨를 우리에게 다 내어 주고 이제 바다에 마저 내주고 있었다.

수평선을 걸치고 있던 아버지의 어깨가 한없이 낮아지고 있었다. 등 뒤로는 하염없는 수평선을 물들이며 서해의 붉은 일몰이 아버지의 어깨를 타 넘어오고 있었다. 아버지는 그렇게 저무는 석양과 밀려오는 바다 끝자락에 앉아 수평선에 걸린 작은 점처럼, 섬처럼, 쉼처럼, 어두워지고 있었다. 세상 모든 아버지가 그러하듯!

'빅 피쉬'의 이름으로

"우리 아버지의 이야기는 8할의 거짓말과 2할의 과장으로 이루어져 있다."로 시작되는 당신 이야기를 들으며, 나는 웃다가 울었다. 8할의 '무모'와 2할의 '황당'으로 이루어진 내 아버지 이야기가 떠올랐다. 당신의 아버지가 "내가 왕년에~"라고 시작할 때, 나도 내 아버지의 "내가 누구냐~"라는 포효를 떠올렸다. 당신이 차가운 목소리로 "아버지를 모르겠어요, 아버지의 진실된 모습을요."라고 당신 아버지에게 물었을 때, 꾹꾹 묻어 둔 내 아버지를 향한 내 물음으로 들었다. 당신의 이름은 팀 버튼이 감독한 영화 「빅 피쉬」의 아들 '윌'이다.

　　얼마 전 팔순의 아버지는 자신이 살아온 이력을 2벌식

전동 타자기로 타이핑해 내게 주셨다. 아버지의 약전(略傳)은 가난하고 막막한 현실에서 탈출하듯 혈혈단신 만주로 떠났던 열댓 살 때부터 시작한다. 마치 영화 속 당신 아버지가 더 넓은 세상을 꿈꾸며 거인과 함께 도시를 향해 떠났던 것처럼. 아버지는 일제강점기에서, 편모슬하에서, 아편쟁이 형님 밑에서, 다섯 동생 곁에서, 문득문득 이게 아니다 싶었다고 했다. '지게목발꾼'(지게를 지고 사는 사람)이 될 수밖에 없는 자신의 미래가 보였다고 했다. 소학교 시절 모자라는 일손을 대신해 어린 조카를 돌봐야 했는데, 꾀를 내 업고 있던 어린 조카의 엉덩이를 꼬집어 자지러지게 울게 한 후에야 자유로운 몸이 되어 공부를 할 수 있었다고 했다.

결국 아버지는 만주에 가서 교원 양성 자격증을 따고 귀향한다. 아버지의 만주 후일담은 듬성듬성하다. 일제강점기, 해방, 전쟁, 분단, 공작 정치, 쿠데타, 군부독재 등으로 이어진 격동의 현대사를 거치며 자체 검열이 이루어진 것이라 짐작할 뿐이다. 만주 이후의 뒤이은 아버지의 성공담, 아버지의 결혼담, 아버지의 자녀 교육담, 아버지의 실패담…….
골방에 버려진 빛바랜 추억의 물건들을 통해 당신 아버지의 허풍이 사실이기도 했음을 확인했던 당신의 심정이, 내 아버지의 약전을 읽는 내 심정과 같았을까?

영화를 보면서 듬성듬성하고 좌충우돌했던 내 아버지 이야기가 퍼즐 조각처럼 맞춰졌다. 영화 속 당신 아버지처럼, '무모'와 '황당'으로 점철된 내 아버지 삶도 한 판의 거대한 무용담이자 위로담이었던 것이다. 욕망이라는 비루한 말을 타고 희망이라는 녹슨 창을 들고 달려간 돈 키호테처럼, 아버지는 미쳐 날뛰는 시대, 비천한 현실, 잔인한 시간, 피할 수 없는 죽음 들과 무수한 전쟁을 치르며 살아 내신 거였다. 그렇게 무모하게 싸웠기에 또 견딜 수도 있었던 거였다.

그러니 아버지가 쓴 약전이야말로 아버지의, 아니 세상 모든 결핍된 사람들의 거짓이고 상상이고, 유머이고 비유이고, 행복이고 위안이었을 것이다. 아버지가 사람과 사람 사이에 뿌렸던 다 피우지 못한 씨앗들이었고, 시간과 시간 사이에 놓는 절반의 가지 않은 길이었을 것이다. 그러니, 아버지에 대한 당신의 때늦은 발견처럼, "어쩌면 그의 인생은 거짓과 과장만은 아니"었을 것이다.

영화 속 당신 아버지는 유명을 달리하기 전 아내에게 살짝 고백한다. "나는 항상 메말라 있었어."라고. 가난과 전쟁과 생계와 가족이 세상 모든 아버지를 끝없이 메마르게 했을지라도 당신과 나의 아버지는 잡히지 않는 커다란 물고기, 어떠한 미끼에도 절대 잡히지 않는다는 그 '빅 피쉬'처럼 살고 싶으셨던 거다. 아버지들의 임종 앞에서 그 아버지의 거짓과 과장을 완성해 주는 것이 우리의 몫이었다. 그러기에 나와 당신도 우리의 아이들 앞에서 "라떼는 말이야."라며 허세를 부리고 있지 않은가. 세상 모든 아버지의 이야기는 그렇게 계속되고, '빅 피쉬'라는 아버지 서사는 영원히 잡히지 않은 채 유유히 강물 속을 헤엄치고 있을 것이다. 그랬으면 좋겠다.

영화 포스터를 보고 있다. 'BIG FISH'라는 글자를 몸통으로 삼은 예닐곱 그루의 겨울나무에 앙상한 가지가 삐죽삐죽 솟아 있다. 이 앙상한 가지에 올해도 어김없이 새순이 돋을 것이다. 이 세상 모든 아버지의 무성했던 꿈과 욕망의 가지들처럼, 그 가시들처럼.

'꼭 그 자리'에 있는 것들

이홍섭 시인의 시 「터미널」은 이렇게 시작한다. "젊은 아버지는/ 어린 자식을 버스 앞에 세워 놓고는 어디론가 사라지시곤 했다/ 강원도 하고도 벽지로 가는 버스는 하루 한 번뿐인데/ 아버지는 늘 버스가 시동을 걸 때쯤 나타나시곤 했다." 젊은 아버지는 어린 자식에게 "어디 가지 말고, 꼭 이 자리에 서 있어라."라고 이르고 핑—하니 사라졌을 것이다. 그러나, 이제 곧 버스는 출발할 것만 같은데 아버지는 오지 않고, 영영 돌아오지 않을 것도 같은 그 간당간당한 기다림이 어린 아들에게는 얼마나 길었을까.

　"네 엄마가 뒷마루에 앉혀 놓고 '여기에 꼭 있어라.' 이르고는 집안일 보고 집 밖 설거지까지 다 하고 와도 니는 맨 그 자리에 그대로 앉아 있었느니라." 어렸을 적 얘기를 해 달라고 조르는 내게 할머니가 해 주신 말이다. 툇마루 아래로 늘어뜨린 두 다리를 흔들며, 누군가가 다가와 '여기 꼭 있어라.'라는 주문을 풀어 줄 때까지 하염없이 그 자리에 꼭 앉아 있었을 어리디어린 나를 생각하는 일은 어쩐지 애잔하다.

　서울로 갓 전학 왔던 초등학교 4학년 초겨울이었을 것이다. 잠시 가파른 언덕에 살았을 때다. 그날은 김장을 시작하는 날이었고 전날 저녁의 갑작스러운 눈과 추위로 언덕길은 얼어 있었다. 시장에서부터 김장거리를 가득 실은 리어카를 끌고 오던 아저씨는 더는 못 올라간다며 배추, 무, 갓 등속을 언덕 아래에 부려 놓고 가 버렸다. 김장거리와 언덕을 번갈아 보던 엄마는 바닥에 부려진 김장거리들을 가리키며 어린 내게 일렀다. "여기 지키고 있어라."

　엄마가 배추 한 더미를 머리에 이고 올라간 지 참, 참, 오래! 뼛속까지 새파랗게 언 채 오줌 찔끔 눈물 찔끔거리며 참고 또 참고 있을 즈음에서야 내려온 엄마는 "미련하기는, 추우면 그냥 올라와야지." 하며 오히려 역정을 내셨다. 수도가 터져 집이 물바다가 된 데다 때마침 식구들까지 없었던 거였다. 종종 그 춥고 막막했던 기다림을 떠올릴 때가 있다.

　"어디 가지 말고, 꼭 이 자리에 서 있어라."라는 당부로부터 40여 년이 지난 지금, 이제는 늙은 아버지를 서울행 버스 앞에 세워 놓고는 중년이 된 이홍섭 시인이 핑 — 하니 사라지곤 한다. 그러고는 이렇게 시를 끝맺고 있다. "커피 한잔 마시고, 담배 한 대 피우고/ 벌써 버스에 오르셨겠지 하고 돌아왔는데/ 아버지는 그 자리에 꼭 서 계신다// 어느새 이 짐승 같은 터미널에서/ 아버지가 가장 어리셨다."

그래도 얼마나 다행한 일인가. 잘 기다리고 잘 돌아왔으니. 세워 놓는 자와 세워진 자 모두에게 '꼭 그 자리'는, 세상 한복판에 서 있는 등대일 것이다. 약속의 자리이자 사랑의 자리일 것이다. 그러나 때로 '꼭 그 자리'는 배반의 자리이기도 할 것이다. 얼마나 많은 사람이 '꼭 그 자리'에 돌아오지 않았고 또 돌아오지 못했을까. 얼마나 많은 사람이 '꼭 그 자리'를 눈물로 메우며 하염없이 기다렸으며, 혹시 하는 마음으로 오고 또 와 보곤 했을까. 텅 비어 버린 '꼭 그 자리'에서 헤매고 헤맸을까.

그러므로 누군가를 '꼭 그 자리'에 세워 둔다는 것, 그것은 바람처럼 문득 날아가 버릴 것 같은 자신을 붙잡아 두기 위해 '꼭 그 자리'에 대못을 박는 일인지 모른다. 그렇게 꼭 돌아와야 할 지점을 신표(信標)처럼 간직하려는 것인지도 모른다. 기다리는 것밖에 아무것도 할 수 없는 어리디어린 존재를 돌보기 위해, 기다림을 당부하며 자신의 존재 이유를 새기기 위해, 누구든 언제든 오고 또 가는 이 막막한 터미널 세상에서.

3장

콩닥콩닥
나대는

생수 같은 시의 마음

우리나라 사람들이 가장 많이 쓰는 말이 '마음'이라고 한다. 그러기에 마음을 얻는 것이 천하를 얻는 일이요, 마음을 세우는 것이 이 세상에 나를 세우는 일이라 했던가. 이러한 마음을 전하고 마음을 얻고 마음을 간직하는 데 시(詩)만 한 것이 있으랴. 마음을 들여다보고 마음을 고르고 마음을 세우는 일이 시심(詩心), 그러니까 시의 마음이다. 마음의 맨 윗길에서 가장 말갛게 저 자신을 비추고 있는 것, 마음의 맨 밑바닥에서도 찰랑찰랑 물기가 마르지 않는 것, 그것이 시의 마음이 아닐까.

우리가 '시적'이라거나 '시(인)같다.'라고 할 때를 생각해 보자. 아마도 아름다움이나 설렘, 놀람이나 황홀함, 충일감

등을 동반할 때일 것이다. 감동과 기도를 불러일으키는 마법의 순간들 말이다. 이런 시의 마음은 우리 모두가 타고나는 것이며 가족들과 처음 교감한다.

두 돌배기 아이는 생일 축하 노래를 좋아한다. 누군가의 생일 다음 날이면 어김없이 아이는 종일 생일 노래를 부른다. 다시 부를 때마다 '○○의 생일'에서 ○○을 바꿔 부르곤 한다. 엄마, 아빠, 할머니, 친구들, 그러다 냉장고, 딸기, 나무, 모래까지도……. 아이는 눈을 반짝이며 보이는 것마다 반갑게 생일을 축하해 준다. 안녕! 안녕! 세상을 향해 최초의 말을 건네듯. 그 아이의 마음이 바로 시심이다.

말문이 트인 아이는 어느 날 선언한다. "엄마, 오늘부터 엄마는 아지, 아빠는 끼리, 언니는 콩콩이, 나는 밍밍이야, 이제 그렇게 불러야 해, 꼬옥 — ." 또 어느 날은 이렇게 선언한다. "오늘부터 식탁은 구름, 의자는 나무, 밥은 흙, 반찬은 소라라고 해야 해, 알았지?" 시인이란 세상의 관계를 새롭게 맺어 주는 자이고 세상에 새롭게 이름을 부여해 주는 자가 아니던가. 아이는 때로 정말 시인인 척 그럴싸한 표현을 쓰기도 한다. 대소변 훈련을 시킬 즈음, 아이는 하얀 오리 변기에 똥과 오줌을 눈 후에 의기양양하니 이렇게 말했다. "엄마, 내가 달님 오줌, 별님 똥을 눴어."

글자를 쓰기 시작한 아이가 삐뚤빼뚤 쓰는 문장 하나하나가 죄다 시다. 파란색을 동그랗게 칠해 놓고 이렇게 쓴다. "달님이 연못을 보고 있어요." 빨간색을 동그랗게 칠해 놓고는 또 이렇게 쓴다. "해님이 꽃을 키워요." 그러고는 제법 시다운 형식을 갖추기도 한다. "자박자박 걸으면/ 사각사각 소리 남고//뚜벅뚜벅 걸으면/ 서걱서걱 자국 남고//그러다가 파도 오면/ 모래밭은 하얀 백지장"(「모래밭」).

우리 아이만의 얘기가 아니다. 평범한 아이들 얘기다. 그 아이들의 마음이 시인의 마음이고 그 아이들의 눈이 시인의 눈이다. 엄마 아빠의 마음, 언니 동생의 마음은 또 어떤가. 그 마음들이 교감하고 발현되는 곳이 가족이다. 기쁠 때나 슬플 때, 힘들 때나 사랑을 전할 때 우리는 시의 마음을 빌리지 않던가. 그때마다 우리는 우리 삶이 살 만한 것이고 그 삶의 마디마디가 소중하고 벅찬 순간들임을 확인할 수 있다. 시는 분명 우리 삶에서 알파나 오메가 그 자체는 아니다. 그러나 우리 삶을 플러스 알파로, 플러스 오메가로 만들어 주는 감동과 기도의 요체임은 분명하다.

가족의 발견, 거기서 비롯되는 생활의 발견, 행복의 발견, 사랑의 발견이 시의 마음과 멀지 않다. 시는 결코 몇몇 시편들의 속성만이 아니다. 그것은 우리가 세상을 마주하고

들이마셨던 '그 누구' 혹은 '그 무엇'의 영혼 속에 있는 지평이다. 그러기에 우리는 매일매일 시에 가까이 있다. 현현될 시를 우리는 우리 안에 지니고 있다. 매일매일 시를 발견하는 가족, 매일매일 시를 읽는 가족, 그리하여 매일매일 시를 사는 가족, 그들이 바로 이 세상의 알파요 오메가다.

가족이야말로 마음이 통하는, 아니 통해야만 하는 사람들이다. 우리는 오늘도, 시라는 '깨지기 쉬운 질그릇'에 마음을 담아 건넨다. 그 마음이 바로, 조급과 조갈에 든 우리 삶에 한 편의 생수(生水) 아니 생시(生詩)가 아닐는지.

내 처음 아이에게

서울 가신 아버지가 사다 준 노란색 원피스를 입고 있는 넌 일곱 살이다. 검정 반달 구두에 흰 레이스 양말을 신고 한껏 멋을 내고 있지만 까무잡잡한 얼굴에 겁먹은 채 치켜뜬 두 눈은 영락없는 시골 아이다. 넌 어젯밤에도 내내 내 병실 침대 모서리에 앉아 있었다. 네가 잠시 자리를 비운 아침에 간호사에게 부탁한다. 저녁 식사 후 먹는 약에 수면제를 늘려 달라고, 푹 자고 싶다고. 지금-여기에 저기-너머가 걷잡을 수 없이 쏟아지고 있다. 저기-너머에서 너는 '엄청나게 행복하게, 믿을 수 없이 빠르게' 달려오곤 한다. 그럴 때면 간호사는 이렇게 말한다. "할머니, 또 예쁜 일곱 살 됐네."

내 안에는 내가 너무 많았고 너무 많은 내가내가내가

아우성치지만, 일곱 살의 너는 내 안의 한 귀퉁이에서 슬픔에 뿌리를 내린 싹처럼 자라곤 했다. 너는 자신을 방어할 수 없는 작은 아이였고 여린 영혼을 지녔기에, 나는 늘 네 편에서는 게 마땅히 너를 지키는 일이라 생각했고 그게 시인에 속하는 일이라 생각했다. 네가 나를 부끄러워할까 봐 나는 늘 불안해했고, 네가 나를 미워하게 될까 봐 두려웠다. 그런 너와 나는 이제 어떻게 작별해야 할까?

검은 땡땡이 한복에 양산을 든 엄마와 손을 잡고 나들이 가는 일곱 살의 너, 너는 엄마의 코티분 냄새를 좋아했다. 사거리에서 엄마 손을 놓치고 미아가 된 너, 엄마보다 먼저 들이닥친 어둠 앞에서 울음을 터트렸던 문간의 너. 그런 너를 다시 만난 건 스무 살 무렵이었다. 너는 대학 도서관 책상 모서리에 서 있었다. 그때 너는 겁먹은 눈빛이었고 그때 나는 처음 시를 썼다. 그리고 내 안 한 귀퉁이에 웅크리고 있는 일곱 살의 네 머리를 쓰다듬어 주는 그 사람이었기에 사랑에 빠질 수 있었는지도 모른다.

두 번의 유산 후 대낮의 빈방에 누워 있을 때 "길의 입에 숨을 불어넣고/ 내가 길의 어미가 될 것이니,/ 내 안에 길이 있다/ 내가 가득 찬 항아리다"라는 문장을 적어 주던 네 손가락. 가만두지 않을 거야, 라며 열패감에 악악거릴 때 "지나가고 지나간다"라며 웅크린 내 등을 토닥여 주던 네 작은 손 바닥. 가족에게 닥친 시련들 앞에서 "무사하구나 다행이야/ 응, 바다가 잠잠해서"라며 상처를 어루만지게 했던 네 손길. 그 작은 손이 없었다면 내 삶은 얼마나 삭막했을까.

그리고 서른일곱이 되었을 때 일곱 살 된 딸에게서 다시 너를 보았다. 일곱 살 딸이 너를 다시 살아 주는 것만 같았다. 엄마를 기다리다 소파에 잠든 딸의 마음으로 "여섯 살짜리 딸애 칫솔과 내 칫솔이/ 뭉개진 털을 싸쥐고 서로를 부둥켜안고 있다"라며 속삭여 주던 네 목소리를 기억한다. 세상 끝에 다다른 것만 같던 나를 울력하며 느리고 늦되게 내던졌던 "자, 이제부터 전면전이야" 하는 출사표도, 미처 다 펼칠 수 없었던 때늦은 때아닌 마음들을 향해 "불선여정(不宣餘情) 불선여정 하였습니다"라는 안타까운 고백도 네가 내게 건넨 말이었다는 걸 안다.

매일이 어제이고 그 어제가 또 내일인 날들 속에서, 네가 내게 왔던 날들이 있었기에 더 설레고 더 따뜻했다. 너에게 가까이 가려는 날들이 있었기에 덜 미워하고 덜 죄짓고 살 수 있었다. 매일이 어제고 매일이 또 내일인 날들을 견뎌낼 때마다 네 슬픔의 부름켜로 내 나이테를 만들곤 했다. 첩첩의 물가와도 같이, 첩첩의 주름과도 같이. 그러니 너를 기다리는 순간이 내 생에서는 가장 아름다운 순간이었고, 네가 들렀다 가는 잠시의 그 순간이 내가 가장 맑은 숨을 쉬는 순간이었다. 그때마다 네가 저편에서 도착한 것이 아니라 실은 이편의 세상에서 멀어져 가는 것이었다는 걸 알게 된 건 언제였을까.

"생각해 보면, 시를 쓰기 시작하면서/ 스스로 제 몸 밖에 빗장을 걸어 잠근/ 내 처음 아이/ 늘 늑골 속에서 울고 있다/ 사랑이 시작될 때도 그렇게 울었으리라"(정끝별, 「내 처음 아이」). 저기-너머의 너를 맞이하면서 실은 그게 너와 작별하는 일이기도 했다는 걸 알게 된 건 또 언제였을까. 첩첩한 내 안 한 귀퉁이에서, 네가 있어 어둡지 않았던 먼 시간의 저편으로.

처졌던 입꼬리를 살짝 끌어 올리며 웃고 있다. 너인가. 나인가. 네 작은 손이 깃털처럼 가볍게 내 손에 닿는다. 우리 두 손을 맞잡아 줄 것만 같은 익숙한 손의 악력이 느껴진다. 더없이 크고 따뜻하고 두툼했던 아버지의 손처럼! 저기-너머로 먼저 떠난 아버지의 손을 잡고 너와 함께 따라가는 것, 죽음이란 바로 그런 것!

"엄마, 나 죽으면"

여섯 살이 되면서 아이는 죽음에 관한 탐구를 시작했다. 죽음에 관한 책을 읽거나 TV나 영화를 보게 되면 어김없이 눈물을 글썽이며 탐구에 몰두하곤 했다. 죽음에 관한 탐구 초기에 아이의 인식은 상투적인 수준이었다. 예를 들면 "엄마 죽으면 하늘나라로 가는 거지?", "무지개 타고 가는 거지?", "그래서 천사가 되는 거지?" 등과 같은.

어느 날이었다. 운보 김기창이 타계하자 매스컴에서는 앞다투어 그의 삶과 작품 세계를 다루곤 했다. 그날은 일요일이었고 거실에서 TV를 켜 놓은 채 아이들과 저녁 식사를 마치고 뒷정리를 하던 중이었다. 「일요스페셜」인가 하는 다큐멘터리에서 운보의 삶과 미술 작품을 한 시간 동안 다루고 있었다. 다큐멘터리 형식인데도 아이가 유독 넋을 잃고 보는 게 의아하긴 했으나 그림이라 흥미로운가보다 짐작했다. 문제는 프로그램이 끝나고 벌어졌다. 잠잘 준비를 시키려는데 갑자기 아이가 닭똥 같은 눈물을 떨어뜨리며 대성통곡하기 시작했다. 놀라서 이유를 물었더니, 아까 텔레비전에 본 그 아저씨가 죽어서 불쌍하고 자기는 죽기 싫다는 거였다. 당황스러웠다.

그러고는 "엄마, 죽으면 뭘 가지고 갈 수 있지?" 하고 물었다. 옆에 있던 할머니가 기다렸다는 듯 "가지고 가긴 뭘 가지고 가니? 수의 한 벌에 관이나 한 짝 가져가지." 했다. 순간 아이는 혼이라도 난 듯 다시 울면서 물었다. "그럼, 내가 입고 다니던 옷도 못 가지고 가고, 내가 모아 둔 조개껍데기랑 구슬도 못 가지고 가고, 장난감도 인형도 내가 쓰던 스티커 다이어리도 다 못 가져가는 거야?" 할머니는 사태를 수습하느라 "유언을 하면 무덤 속에 다 넣어 줄 수 있어, 걱정하지 마"라며 달랬다.

그날 이후 아이는 매일매일 무덤에 가져갈 유언 목록들을 첨삭하며 죽음 이후를 대비하는 듯했다. 연둣빛 싹처럼 영롱한 여섯 살배기가 "엄마, 나 죽으면"을 노래하는 것도 한두 번이지 때론 억장이 무너지는 기분이었다. 나는 연일 네가 지금 죽지 않는다는 것을 이해시키고 설득해야만 했다.

또 다른 어느 날, 영화 「천국보다 아름다운」을 엄마 아빠 어깨너머로 보고 난 후였던 거 같다. 두 아이가 죽고 남편이 죽고 아내마저 죽는 이야기였다. 아이의 질문과 그 어조는 한층 깊어져 있었다. "엄마, 죽을 때 죽는다는 걸 알 수 있어?", "죽으면 나는 없어져?", "죽으면 대체 어디로 가는 거야?", "죽을 때 모습 그대로 있는 거야?", "죽으면 끝이야?", "다시 태어나면 그때도 엄마는 내 엄마가 되는 거야?"…….

아이의 물음이, 답하는 나의 고민을 넘어서고 있었기에 나는 또 당황스러웠다. 동화적 상상력과 지식화된 사실 사이를 위태롭게 오가며 질문 공세를 받아 내는 데 한계가 왔다. 미처 생각해 보지 못했거나 아이에게 어디까지 어떻게 답해야 할지 나는 모르고 있었다.

여섯 살배기에게 죽음을 어떻게 설명해야 할까, 어떻게 이해시켜야 할까. 사는 건 죽음과 싸우는 것이라는 것, 죽음을 이기기 위해서는 밥을 잘 먹고 잠을 잘 자고 힘을 기르고 건강해야 한다는 것, 아직 어릴 때는 힘이 약해 엄마 아빠가 보살펴 주고 죽음으로부터 지켜 준다는 것, 그렇게 쑥쑥 커서 어른이 되면 죽음과 싸울 힘이 생기고 지혜가 생긴다는 것. 그래서 어른이 되면 그땐 네가 약해진 엄마 아빠를 지켜 줘야 한다는 것, 그러니까 아프거나 약해질 때면 사랑하는 사람들이 지켜 준다는 것, 그리고 나중에 어른이 되어 죽음에 대해 알게 되면 죽음이 두렵거나 무섭지 않아진다는 것, 그때 죽음은 잠을 자거나 쉬는 것과 같아진다는 것 등등. 아마도 나는 이런 얘기들을 오가며 중언부언했을 것이다.

내 설명이 아이에게 적절한 설명이 되지는 못했던 거 같다. 이후로도 아이는 죽음을 자주 꺼내 들고 울먹였다. 자신의 생일 파티에서도, 차를 타고 가다가도, 한참을 동생과 놀다가도, 책을 읽다가도 품으로 달려와 "엄마, 그래도 혹시 내가 죽으면……." 하곤 했다. '혹시'라는 부사에 유독 힘을 주면서. '그래도'와 '혹시'에 방점을 찍으며 나는, 아이의 죽음에 관한 탐구가 한 걸음 더 진척되었다고 믿기로 했다.

가을 편지, 영이에게

네 블로그에 올려진 사진들, 잘 감상했어. 네 사진에는 내가 가져 보지 못한 날것의 바람과 길들지 않는 빛들이 가득하더구나. 그 빛들이 바로 네 시선의 깊이고, 바르트가 얘기했던 푼크툼, 그러니까 네 내밀한 상처의 깊이겠지? 10년 전 강의실 구석에 앉아 시를 쓰겠다고 두 눈을 반짝이던 너는 어느새 그렇게 훌쩍 깊어졌구나. 시인으로, 아마추어 사진가로, 프리랜서로, 그리고 매혹적인 자유인으로.

　며칠 전 5학년이 된 딸아이가 전교 부회장 선거에서 꼴찌로 낙선을 했단다. 5학년 전체 여덟 개 반의 남녀 회장 중 네 명이 후보로 나왔는데, 일이 꼬여 딸아이 반에서 두 명이 출마하게 됐나 봐. 도와주겠다던 같은 반 남자 회장의 배신

(!)과도 같은 출마 선언, 남자 회장 후보 도우미들의 방해와 야유, 갈리는 반 분위기. 예상했던 결과였지만 가장 적은 표를 받고 낙선했다는 얘기를 들었을 때 그간의 딸아이 마음을 헤아리자니 가슴이 먹먹한 게, 내가 낙선한 것보다 훨씬 아팠더랬어.

실은 낙선의 결과보다는 딸아이가 보인 그간의 행동이 더 아팠던 거 같아. 자신을 북돋아 최선을 다해야 할 기간에 행동은 느릴 대로 느리고, 태도는 게으를 대로 게을렀거든. 숙제를 다 못 해 아침에 일찍 깨워 달라더니 정작 아침 내내 탕목욕을 하지 않나, 밀린 숙제를 해야 할 시간에 동화책을 읽고 있지 않나, 선거연설문을 쓰고 연설 연습을 해야 할 시간에 청바지를 사러 가자고 조르질 않나. 오늘만 해도 낙선 소식을 듣고 곁에 있어 줘야겠다 싶어 일찍 들어갔더니, 밀리고 밀린 숙제를 하기는커녕 소파에 엎드려 책만 읽고 있는 거야. 그러니 또 속이 부글거릴밖에.

그런데, 네 블로그의 사진들을 보다가 딸아이를 이해할 수 있었어. 10년 동안 슬쩍슬쩍 엿보았던 네 모습과 딸아이의 모습이 겹쳐지면서 말이야. 어슬렁어슬렁 해찰을 거듭하던 너는 대학원을 진학해 공부하다 말고 지금껏 논문도 안 쓰고, 직장도 여기저기 다니다 말고, 그렇다고 연애를 하는

것 같지도 않고, 어느 날은 남도에서 어느 날은 부천 골방에
서…… 이런 메일들을 내게 보내곤 했지.

"저는 게으르고 시간은 하루하루 빨라지고…… 지난달
엔 신나게 돌아다녔어요. 이제야 집에 좀 얌전히 앉아 책도
좀 보고 그러려 했더니만 쿡쿡 쑤시고 종일 졸음만 쏟아지
고 그러네요."

그래, 딸아이는 이미 선거 결과를 예상했고, 그 불안과
절망을 견디기 위해 해찰에 해찰을 거듭했던 거더구나. 또
다른 일에 몰두함으로써 순간순간 불안과 절망을 외면하고
자 했던 나보다 딸아이가 더 용감하다는 생각도 들더구나.
내던져진 삶의 조건을 정공법으로 견뎌 내고 있는 거였어,
너처럼!

블로그 속 너는 세상을 어슬렁거리고 있었어. 네 삶의
모든 불안과 절망을 정직하게 대면하고, 또 샅샅이 탐문하
며, 네 삶과 네 언어와 네 시선의 깊이와 넓이를 갈고닦으면
서 말이야. 고마워, 너도 딸아이도. 세상에는 나를 깨우치게
하는 스승들이 참 많아. 어슬렁어슬렁 돌아다닐 때도 밥은
꼭 잘 챙겨 먹어야 해, 꼭!

어린 딸에게 배우는 지혜

아이를 키우다 보면 아이에게 크고 작은 배움을 얻을 때가 많다. 세상에는 스승 아닌 게 없다. 이를테면 사춘기에 진입한 아이가 터무니없는 고집을 피우며 자기 나름의 논리로 '말대꾸'를 할 때, 곰곰 생각해 보면 아이의 말이 딱히 틀린 것도 아니고 심지어 마땅한 것이기도 할 때, 부모로서 당혹스러워지곤 한다. 그때 아이는 내 안의 고집불통과 내 안의 속물을 깨닫게 해 주는 스승이다.

편벽되거나 까칠하거나, 이기적이거나 불뚝대는 아이의 모습을 볼 때도 저 모습이 어디에서 왔겠나 싶다. 아이는 내 안의 편벽, 내 안의 까칠, 내 안의 이기, 내 안의 불뚝을 바라보는 거울이다. 그렇다고 아이가 늘 반면교사인 것만은 아니다. 배려하거나 위로하거나 희생하는 모습을 볼 적이면, 아 저것은 어디에서 왔단 말인가 감탄하며 내 안의 배려, 내 안의 위로, 내 안의 희생을 슬그머니 꺼내 보기도 한다.

둘째의 쿠키 만들기는 초등학교 4학년 늦가을부터 시작되었다. 생일을 맞아 꼭 받고 싶은 선물이 미니오븐이었다. 세상에나, 쿠키를 만들겠다는 거였다! 꼭 필요한 밥, 국, 찌개, 반찬 이외는 얻어먹거나 사 먹자는 확고한 자세로 결혼 17년 차를 잘 먹고 잘 살아왔던 터라, 오븐 같은 건 애초에 내 주방에 없었던 품목이었다. 그러나 교육적으로나 정서적으로나 실용적으로나 요리는 권장할 일상이기도 했다. 게다가 미니오븐에 핸드믹서, 쿠키틀, 계량컵, 저울 따위의 부대 도구와 재료 일체를 합한 가격이 작년 생일에 '뜯긴' 닌텐도의 절반에도 못 미치는 '착한' 가격이었다. '혼자서 할 것, 하고 나서 깨끗이 치울 것'을 약속받은 후 안겨 주었다. 이후 아이는 약속도 '지키려고 노력하며' 각종의 쿠키를 만들어 식구들의 입을 즐겁게 해 주곤 했다.

그리고 5학년 개학하기 하루 전, 그러니까 3월 1일 공휴일 아침이었다. 일어나자마자 쿠키를 굽겠다고 부산을 떨었다. 아이는 며칠 전부터 4학년 반 친구들과 헤어지는 걸 무척 아쉬워했다. 그러더니, 개학 날 5학년 반 배정을 받는데 그때 4학년 반 선생님과 친구들 모두에게 쿠키와 편지를 선물하겠다는, 말리고만 싶은 장대한 프로젝트를 개학 하루 전 아침에 발표한 것이다! 도와줄 생각이 전혀 없었으니 그러려니 했다.

행여 말리기라도 할까 봐 부리나케 숙제부터 해치우더니 점심때부터 반죽을 시작했다. 쿠키는 두 가지였다. 노르스름한 땅콩 쿠키 두 판을 먼저 굽고, 이어서 새까만 초코 쿠키를 네 판쯤 구웠다. 저녁에는 쿠키 굽는 냄새에 멀미가 날 지경이었다. 모양이 좀 들쑥날쑥했으나 맛은 그럴듯했다. 반 친구들 수만큼의 투명한 빵 비닐에 노르스름한 땅콩 쿠키 하나, 까만 초코 쿠키 둘을 넣어 낱개 포장을 했다. 그럴싸했다. 선생님의 것은 조금 더 넣어 특별하게 포장을 했고, 식구들 것도 잊지 않았다. 이 모든 걸 혼자서 다 끝냈을 때 시간은 어느덧 밤 9시를 넘어가고 있었다.

그러고는 이제 편지를 써야 한다며 식탁 위에 편지지를 펼쳐 놓을 때는 제지를 해야만 했다. 모든 친구에게 각각의 편지를 쓰려면 오늘 밤을 새워야 한다는 사실을 환기해 주었다. 아이는 수긍했고 선생님과 '베프' 세 명만을 골랐다. 다른 친구들은 포스트잇에 쓴 간단한 문장으로 대신했다. 이튿날 아침, 반 배정 전에 쿠키를 나눠 줘야 한다며 20분을 서둘러 등교했다.

이런 장대한 프로젝트를 자주 도모할까 봐 크게 내색은 하지 못했으나 나는 감동했다. 그 나이에 쿠키를 만들 줄 안다는 것도 기특하건만 아이는 자신이 구운 쿠키를 제대로 나눌 줄 알고 있었다. 반나절이 넘도록 낑낑대며 혼자서 해낸 것도 기특하지만 아이는 헤어지는 데 더 정성을 들여야 한다는 걸 제대로 알고 있었다. 아이가 새로 만날 5학년 친구들을 위해 쿠키를 준비했다면 나의 감동은 분명 덜했을 것이다.

나는 생각조차 해 본 적이 없는 일을 열두 살 아이는 천연덕스럽게 척척 꿈꾸고 계획하고 실천하고 있었다. 아이는 나보다 더 행복한 삶을 살 것이라는 확신이 들었다. 그날 내가 아이로부터 배운 것은 행복을 구울 줄 아는 기술, 그 행복을 나눌 줄 아는 배려, 그 행복을 진정으로 신뢰하는 믿음이었다. 아이의 작은 정성으로 행복했을 사람들을 생각하면, 작은 마음 하나가 세상을 변화시킬 수 있다는 이 진부한 문장을 도무지 믿지 않을 수가 없는 것이다.

'언냐!' 사용설명서

"내 동생은 내가 가지고 노는 것만 가지고 논다./ 엄마는 그런 줄 모르고 동생만 안아준다./ 이뻐해 줄까? 엄마 몰래 꼬집어줄까?"(「내 동생」) 이건 세 살 위 언니가 일곱 살에 쓴 동시다.

　"예쁜 우리 언니/ 예쁘고 착하고 목련 같은 우리 언니/ 우리 언니는 예쁘고 착한 마음으로 학교를 간다/ 봄이 되면 목련 같은 웃음으로 방에서 나타났다/ 우리 언니는 목련 같은 웃음으로 학교를 갔다/ 갔다 오면 언니가 가끔씩 들려주는 동시는/ 너무너무 좋다 우리 언니는 너무 좋다"(「목련 같은 우리 언니」). 또 이건 세 살 아래 여동생이 여덟 살 때 쓴 동시다.

언니에게 여동생은 '꼬집어 주고' 싶은 존재일 것이나, 여동생에게 언니는 대체로 '예쁘고 착한 목련 같은' 존재다. 그 언니는 이제 그 고달프다는 '고3'이 되었고, 그 동생은 그 무섭다는 '중2'가 되었다. '중2' 동생이 보기에 '고3' 언니는 여전한 로망이건만, '고3' 언니가 보기에 '중2' 동생은 허세 작렬이다. 그 동생은 비어 있기 일쑤인 그 언니 방을 풀방구리 드나들 듯 들락거린다. 언니 방에는 늘 뭔가(!)가 있기 때문이다.

그뿐 아니다. '중2' 동생이 자주 들르는 쇼핑 사이트도 '언니네 옷가게', 동네 단골 미용실도 '언니네 미용실', 이어폰에서 새어 나오는 것도 '언니네 이발관'의 노래들인 것만 봐도 알 만하지 않은가. 언니란 영원한 로망이자 호구라는 걸.

내게도 "언냐!"라 부르는 다섯 살 위 언니가 있다. 언니에게는 언니가 없고 여동생에게는 여동생이 없어서, 여동생이 '언니 된' 마음을 짐작하기 어렵고 언니는 '여동생 된' 마음을 헤아리기 어려울 테지만, 모르긴 해도 하나밖에 없는 내 언니에게 나는 분명 "꼬집어 주고" 싶은, 때로 얄밉고 때로 귀찮은 존재였을 것이다. '언니 것은 다 내 것' 같고 '내 힘든 것도 언니 것'일 것만 같아, 풀방구리 드나들 듯 "언냐!"를 부르며 언니한테 쪼르르 달려가곤 했으니 말이다. 그러니까 내게 '언냐!'는 엄마를 대신하는, 심지어 엄마보다 시대에 맞게 한 단계 업그레이드된, '무엇이든 물어보세요' '무엇이든 부탁하세요'가 가능한 해결사 같은 존재다. 유효기간이 전 생애인 만능 보험과도 같은 존재 말이다.

    이런 '언냐!'를 이영주 시인은 "네가 밖에서 안으로 들어가려 할 때, 바깥에 두고 온 손잡이를 어두워서 찾지 못할 때, 아무도 없는 안쪽이 버섯 모양으로 뒤집어질 때, 너는 성에 낀 202호 창문을 언니라고 부르기 시작한다"(「언니에게」)라며, 우리들의 가장 뜨겁고 은밀한 안쪽이자 내면으로 호명한 바 있다. 언니라는 내부가 있다면, 언니라는 손잡이가 있다면, 시의 화자는 그 언니를 호출해 얼마든지 집 안으로 들어갈 수 있을 거라고 희망한다. 시인은 세상의 창문 같은, 통로 같은, 그런 '언냐'를 갖고 싶고, 그런 '언냐'가 되고 싶었던 걸까?

    그 어디든, 그 안으로 들어가고 싶은 열망의 통로, 창문과도 같이 들어가게 해 주는 소통의 매개자, 바람과 빛이 들고나는 생활의 비상구! 그러한 인생의 상비약 같은, 마스터키 같은, 만만한 콩떡과도 같은 언니가 있다는 건 얼마나 큰 행운일까. 그런 언니가 반드시 피를 나눈 가족일 필요는 없다. 원래 언니라는 말이 동성의 손위 형제를 지칭하는 말이었듯이 남성들끼리도 이성들끼리도 가능하다. 심지어 손아래까지도. 그러니 가장 뜨겁고 은밀한 안쪽이 소통 가능한 존재라면, 죄다 '언냐!'인 셈이다. 우리에게 '언냐!'란 바로 그런 존재다.

새해에 받은 편지 한 통

초등학교 4학년인 둘째 아이에게 '경찰특공대'로부터 우편물 한 통이 왔다. '충정로지구대 ○○○ 경사'가 발신인이었다. 새해 벽두에 무슨 일? 험악한 상상이 섬광처럼 명멸했다. 관공서에서 날아온 우편물 치고 반가웠던 기억이 없던 터라 허겁지겁 뜯어보았다.

"정성스럽게 보내 준 마음의 편지 잘 받아 읽어 보니 정말 고마워요. 아차, 글씨도 아주 잘 쓰는군요. 경찰관 아저씨 글씨가 부끄럽습니다."로 시작하는 손글씨 편지였다. 이어 자기소개를 한 후, "○○ 학생의 편지를 받고 아프던 감기가 한결 없어지는 느낌이 들어 기분이 좋아지네요."라는 문장을 거쳐, 경찰관으로서의 각오와 자세를 밝힌 후 "학생들이 걱정 없이 학교생활을 열심히 할 수 있도록 뒤에서 지켜 줄게요."로 끝나는 편지였다.

그제야 지난 세밑에 위문편지를 썼다며 읽어 주던 아이의 모습이 떠올랐다. 아이에게 편지를 전해 주며 "우와 멋지다!", "답장을 받은 기분이 어때?", "또 답장할 거야?", "다른 친구들도 답장 받았대?" 질문들을 쏟아 내며 흥분했던 건 오히려 나였다. 여덟 살부터 10년 가까이 '국군장병 아저씨께'로 시작하는 그리 많은 편지를 썼으되 답장 한 통 받아 본 적 없었던 나로서는 신기한 일이었다. 내게 편지란 늘 어버이날, 스승의날, 국군의날 등 기념일에 맞춰 쓰는 일방통행의 의전 행사에 불과했다. 아이도 볼이 상기된 채 답장을 읽고 또 읽었다.

젊은 경찰관의 정성스러운 답장 편지에 릴케의 『젊은 시인에게 보내는 편지』가 떠올랐다. 밤늦게까지 뭔가를 읽거나 뭔가 끄적이길 즐기는, 사춘기가 한창인 첫째 아이가 읽어 주었으면 하는 바람으로 얼마 전 첫째 아이 책꽂이에 꽂아 두었던 책이다. 이 책은 현실과 꿈, 적성에 맞지 않은 직업과 자신의 시적 재능 사이에서 고민하고 방황하는 젊은 시인에게 사십 대 중반의 릴케가 쓴 열 통의 답장 편지를 엮은 서간집이다. 첫 편지는 습작시에 대한 의견을 청한 젊은 시인의 편지에 대한 릴케의 답장으로 시작한다. 때로 열두 쪽을 넘기기도 하는 릴케의 편지에는 젊은 시인 지망생에 대한 섬세한 배려와 진심 어린 조언, 릴케 자신의 삶과 문학에 관한 진솔하면서도 진지한 성찰이 담겨 있다.

유럽 서간문의 역사는 유구한 것이기도 하지만 특히 릴케 7000통에 달하는 편지를 남겼다. "저는 편지를 아직도 인간들 사이의 가장 멋지고 풍요로운 교제 수단으로 생각하는 구시대풍 사람들 중의 한 사람입니다."라고 자신을 소개했던 그는, 실제로 평생을 아침 10시쯤 일어나 차를 한 잔 마신 후 오전 시간 전부를 편지 쓰는 데 할애하곤 했다. 그에게 편지 쓰기란 인간에 대한 예의와 사랑을 발현하는 일이자, 자신의 삶과 문학에 대한 사유와 성찰을 개진하는 일이었다.

소설이나 영화, 토크쇼나 연설 등을 통해 접하는 외국인들의 화법에 감탄할 때가 많다. 자신의 느낌과 생각을 어찌 저리도 잘 표현할까! 간단명료하게 말하기, 비유하기, 에둘러 말하기, 아이러니나 유머 등을 섞어 한발 물러서 말하기를 필요에 따라 다채롭게 표현한다. 무엇보다 그들은 상대방의 얘기를 잘 듣는다. 그러니 주고받는 소통이 되고 건전한 논쟁이 되는 것이다.

우리의 편지 문화, 대화 문화, 연설 문화, 토론 문화는
어떤가. 내겐 노래방이 떠오른다. 의례적이고 폭력적인 순
번제로, 안 부르면 분위기를 망치는 주범이 되고, 듣거나 말
거나 제 흥에 겨워 불러대다, 남들 노래할 때 내 노래 찾느라
분주한, 무엇보다 반주기에 맞춰 불러야 하는……. 그렇게
일방적으로 '불러제끼는' 노래방 스타일이 우리의 화법 혹은
소통 방식은 아닌지.

의례적이고 상투적인 문장에 기대 쓰는 편지들, 두서없
는 분출 혹은 배출에 가까운 대화들, 써 온 대로 읽어대거나
때로 잘못 읽기 일쑤인 연설들, 고함을 지르거나 말을 끊거
나 자기 말만 되풀이하는 토론들! 구성원들의 일상적인 글
쓰기나 말하기야말로 그 집단의 인프라이자 집단 지성의 척
도일 텐데…….

아이의 답장이 늦어지고 있다. 방학 특강에 방학 숙제
에 방학 캠프에 바쁘기도 하거니와 모르는 아저씨와 자발적
으로 편지를 주고받는 게 영 익숙하지 않은 모양이다. 이런
모양새가 비단 우리 아이뿐이겠는가!

한 통의 편지에 담긴 믿음

'오스카 셸'! 사프란 포어가 쓴『엄청나게 시끄럽고 믿을 수 없게 가까운』이라는 소설의 주인공 이름이다. 9·11 테러로 아버지를 잃은 아홉 살 남자아이인 그가 제일 좋아하는 책은 스티븐 호킹의『시간의 역사』다. 아버지를 잃고 난 뒤 그 아이는 자신이 존경하는 유명한 사람들에게 편지를 보낸다. 스티븐 호킹은 물론 뉴욕 지부장, 케일리 박사, 그리고 제인 구달도 있다. 슬픔의 무게를 덜어 내기 위한 세상에로의 말 걸기였을 것이다.

이를테면 이런 식이다. "친애하는 스티븐 호킹, 저를 당신의 제자로 받아 주시겠습니까? ― 감사합니다. 오스카 셸." 때로는 답장도 받는다. "편지 감사합니다. 저에게 오는 편지가 너무 많아서 개인적으로 답장을 쓰지는 못합니다. 그렇더라도 언젠가는 편지를 보내 주신 정성에 제대로 보답할 날이 오기를 바라며, 편지들은 모두 다 읽고 잘 모아 두고 있습니다. 그날까지 안녕히. ― 진심을 담아 스티븐 호킹"과 같은.

스티븐 호킹이 보낸 답장이라니! 이런 상황이란 내게 픽션 그 자체다. 스무 살의 내가 『백년 동안의 고독』을 읽고 마르케스에게 편지를 쓴다? 지도에는 없는 '마꼰도 마을'에 대해 더 많은 이야기를 나누고 싶다고! 아니 아니, 아홉 살의 내가 이소룡에게 편지를 쓴다? 추리닝 차림에 쌍절곤을 휘두르며 "아비요~!" 기합을 질러대는 오빠들을 위해 사인 몇 장을 부탁한다고! 즐겁고 벅찬 그러나 황당무계한 상상들이다.

얼마 전, "알프스의 꽃과 같은 스위스 아가씨~ 귀여운 목소리로 요를레이디~"를 불렀던 한국 요들송의 대부 김홍철 씨가 쓴 글을 읽다가 눈이 번쩍했다. 1965년 고등학교에 다닐 때였다고 한다. 우연히 요들송을 듣고 매료되어 "우리나라엔 부르는 사람도, 악보도 없는데 요들송을 배우려면 어떻게 하면 되나요?"라는 내용의 편지를 스위스 신문사 여섯 곳에 보냈다는 것이다. 영어 선생님께 부탁해서 쓴 영어 문장으로.

그런데 놀랍게도 스위스 한 신문사 편집장으로부터 "천천히 듣고 따라 해 보라."라는 편지와 함께 녹음테이프와 악보가 도착했단다. 그리고 1년 후 그 편집장으로부터 "얼마나 연습했는지 녹음해서 보내 주면 전문가에게 보내서 틀린 것을 고쳐 주겠다."라는 편지가 온 것도, 녹음해서 보낸 테이프를 듣고 신문에 기사화하고 라디오에 방송해 준 것도, 다시 2년 후 스위스로 초청해 전문가에게 요들을 배우게 해 준 것도, 모두 우연과 행운이 넘치는 동화 속 얘기만 같았다.

그렇게 그는 한국 요들송의 대부가 되었다. 황당무계해 보이는 상상을 그는 꿈으로 키웠으며 그 꿈을 위해 한 걸음 한 걸음 나아갔다. 한 통의 편지를 보내는 일이 그 첫걸음이었다. 그 한 통의 편지가 불가능해 보이던 꿈을 이루게 했고, 무에서 유를 만들어 낸 것이다.

오스카 셸의 편지와 김홍철 씨의 편지는 내게 '세상에 이런 일이' 그 자체였다. 이런 편지가 오갈 수 있는 것은 무엇보다 믿음이 전제되었을 때 가능하다. 머나먼 이국의 땅에 내 편지가 무사히 전달될까? 그 유명한 사람들은 이국의 낯선 아이(사람)로부터 온 편지를 읽기나 할까? 의심하는 순간 편지는커녕 상상조차 불가능해진다.

소설 속에서 오스카 셸은 스티븐 호킹으로부터 두 번째 편지를 받는다. "친애하는 오스카 셸, 당신이 2년 전에 보내 주신 편지를 모두 읽어 보았습니다."로 시작하는 장문의 편지다. 편지는, 그것도 스티븐 호킹에게 온 두 번째 편지는 이렇게 이어지고 있었다. "광대무변한 우주 대부분이 암흑 물질로 구성되어 있다는 얘기는 굳이 말하지 않아도 아실 겁니다. 우리가 결코 볼 수도, 들을 수도, 냄새 맡을 수도, 맛볼 수도, 만질 수도 없는 것들이 깨지기 쉬운 균형을 좌우합니다. 그것이 삶 자체를 좌우합니다. 무엇이 진짜일까요? 무엇이 진짜가 아닐까요?"

균형이 균형인 것은 그 균형이 깨지기 쉽기 때문이다. 깨지기 쉬운 균형, 우리 삶 자체를 좌우하는 그런 균형은 무엇일까? 어떻게 이루어질까? 픽션 같은 이야기를 실현할 수 있게 하는 서로에 대한 믿음, 픽션 같은 이야기가 실현되는 믿음의 사회, 그런 이야기를 담아내는 믿음의 언어가 아닐까. 믿음은 믿음을 부른다. 편지 한 통의 모험은 이렇게 믿음의 반석에서 시작되었다.

편지 한 통의 기대와 꿈, 편지 한 통의 약속과 미래! 믿음을 담아 쓴 편지 한 통은 결국 누군가의 마음에 온전히 전달될 수 있다고 나도 믿는다. 그런 편지가 곧 시라고 믿고 있

다. 내뱉자마자 내팽개쳐지는 우리 사회에 만연한 불신의
언어들 속에서.

12월의 산행

12월 첫째 주 토요일이었다. 방, 화장실, 부엌, 복도 순으로 청소가 끝났을 때 열댓 명의 아이들이 점심때에 맞춰 봉고 차를 타고 도착했다. 아이들이 좋아하는 만두 라면을 끓여 함께 먹고 귤 하나씩을 나눠 먹었다. 뒷정리를 다른 자원봉 사자에게 부탁한 후 떡과 음료수가 담긴 간식 가방을 챙겨 들고 나섰다. 식사 때처럼 아이들 옆에 자원봉사자 한 명씩 이 붙어서 출발했다. 예정된 12월의 산행은 그렇게 시작되 었다.

얼마 전 새로 들어온 열네 살 진이는 키도 크고 멋지게 생겼다. 영화배우 이병헌을 닮았다. 한데 이렇게 잘생긴 진 이를 보려면 한참을 찾아야 한다. 늘 구석에 숨어 있기 때문이다. 진이는 간헐적으로 찾아오는 공포 속에 갇혀 있다. 그 공포가 찾아오면 진이는 두 손으로 귀를 막고 울부짖으면서 경련을 한다. 두 귀를 감싸 안고 웅크린 채 뭔가를 피하려는 듯도 하다.

그런 진이는 밥도 따로 먹는다. 단체 산행을 가는 그날도 식당이 아닌 방에서 따로 앉아 만두 라면을 먹다가 공포를 고스란히 견뎌 냈다. 진이는 공포가 지나가고 나면 긴 손가락들을 끊임없이 움직이며 움직이는 손가락들을 물끄러미 쳐다보곤 한다. 먹는 걸 도와주고 싶어도 그럴 수가 없다. 진이가 사람들을 무서워하기 때문이다. 공포가 찾아오는 순간 가까이 있는 사람이 가해자인 듯한 착각이 드는 모양이다. 성장 과정에서 후천적으로 발생한 장애인 듯하다. 진이에게 해 줄 수 있는 일이란 조금 멀리서 지켜봐 주는 일밖에 없다. 진이는 산행에 동참할 수 없다.

아홉 살 섭이는 다운증후군을 앓고 있지만, 장애 정도가 가장 가볍다. 게다가 똑똑하기까지 해 간단한 심부름을 비롯해 가끔은 아픈 형들을 도와주기도 하는 귀염둥이다. 의사소통도 가능하다. 그러나 한군데 오래 앉아 있지 못하며 금세 잊어버리곤 한다. 그런 섭이는 엄마를 닮은 사람을 가장 따른다. 나와 눈을 맞추며 번번이 "엄마, 집에 가?"라며, 집에 갈 수 있는지를 되풀이해 묻곤 한다. 나는 섭이의 파트너를 자청했다. 내 얼굴에 제 얼굴을 가까이 대며 "엄마, 집에 가?"라며 물을 때 섭이의 두 눈은 말 그대로 꿀이 뚝뚝 떨어진다. "응.", "그러엄~", "그래!"라고 대답해 주면 좋아라 촐싹댄다. 이렇게 기분이 좋을 때 조심해야 한다. 덥석 깨물기 때문이다.

섭이의 부모는 맞벌이다. 재래시장에서 작은 떡집을 한다. 그러니 24시간 섭이를 돌보는 일이란 불가능하다. 한나절 혹은 며칠씩을 이곳에 맡겨야만 한다. 오늘 간식 중 하나인 백설기도 섭이네 부모님이 보내 주신 선물이다. 섭이가 세상에서 제일 좋아하는 엄마는 세상에서 제일 바쁜 사람, 섭이가 늘 엄마를 기다려야 하는 이유다. 천방지축 섭이의 손을 꼭 잡아 주는 일이 오늘 나의 임무다.

뒷산인 안산 초입에 들어섰을 때였다. 앞서가는 현이의 엉덩이가 축 처져 있었다. 장애가 심해 기저귀를 차고 다녀야 하는 열세 살 현이는 건실한 청년 봉사자의 팔에 의지해 걷는 중이었다. 연신 흘려대는 현이의 콧물과 땀을 닦아 주며 부축해 가는 청년 봉사자가 미처 알아채지 못한 듯해 "선생님, 현이 기저귀 좀 올려 주세요."라고 부탁했다. 청년 봉사자는 현이의 추리닝 바지 속으로 손을 넣어 기저귀를 추

나
대
는

콩
닥
콩
닥

켜올렸다.

그렇게 조금씩 뒤처지며 힘겹게 올라가던 현이가 급기야 주저앉아 버렸다. 청년 봉사자를 도와 땀을 뻘뻘 흘리는 현이의 잠바를 벗긴 후 부축해 일으켜 세우려는데 현이의 앞가슴이 뭉클하게 느껴졌다. 깜짝 놀라 이번에는 내가 주저앉고 말았다. 현이가 여자아이라는 생각을 전혀 못 했기 때문이다. 현이가 머리를 짧게 깎아서 그렇지, 바래긴 했지만 연분홍 스웨터를 입은 데다 이름도 현이었는데……. 현이를 내가 도왔어야 했는데, 현이 기저귀를 내가 올려 줬어야 했는데……. 청년 봉사자가 콧물과 땀을 닦아 주고 기저귀를 추켜 줄 때 부끄러웠을 열세 살 소녀 현이의 몸과 마음을 읽어 내지 못한 스스로가 한심했다. 산행에 나선 스물 남짓한 아이 중 여자아이가 있을 거라는 생각을, 여성 장애인에게 여성을 유표화하는 외모와 복장이 불편하리라는 생각을 왜 못했을까……. 여자아이가 누구냐고 왜 먼저 묻지 못했을까…….

여성 장애인을 「오아시스」나 「조제 호랑이 그리고 물고기들」 같은 영화에서만 찾는 나 같은 사람이 많은 한, 여성 장애인은 이중의 고통을 받게 되겠구나 싶었다. 나도 모르게 장애인 하면 남성 장애인을 떠올리고 있다는 걸 자각하는 순간이었다. 「레인맨」, 「포레스트 검프」, 「나의 왼발」, 「마라톤」, 「맨발의 기봉이」……. 얼핏 떠올려 봐도 남성 장애인이 주인공인 영화가 훨씬 많았다. 실제로 그날의 산행에서도 여성은 현이가 유일했다. 통계학적으로도 장애인 중 절반은 여성 장애인일 텐데, 여성 장애인은 다 어디에 갇혀 있는 건지.

산행을 마치고 귀가하는 아이들과 함께 봉고차를 타고 구립 장애우 시설을 나왔다. 섭이도 귀가 봉고차에 탈 수 있어서 다행이었다. 이제 간사들은 시설에 남아 있는 아이들을 위해 저녁을 준비할 것이다. 집에 와서도 계속 현이가 눈에 밟혔다. 현이의 축 처져 있던 바지 엉덩이를 생각하면 섭이에게 덥석 깨물렸던 잇자국처럼 홧홧하다.

수박 향기는 바람에 날리고

만물이 무럭무럭 제 몸을 부풀리는 중이다. 볍씨나 보리씨를 뿌리기에 딱 좋은 날들도 지나고 어느덧 1년 중 해가 가장 긴 계절이 왔다. 헌정사상 초유의 대통령 탄핵 소추 발의도, 탄핵 기각에 이은 총선도, 총선에 이은 재선도, 쓰레기만두 파동도 한풀 꺾였다. 도시 한 모퉁이를 스치듯 지나는 초여름 바람에 살갑게 몸을 뒤척이던 초록의 풀과 잎들은 알고 있으리라. 계절은 그렇게 꼬리에 꼬리를 물고 왔다 갈 것이고 바람은 또 그렇게 아무것도 모르는 척 지나가곤 한다는 걸.

이즈음 우리 가족은 저녁마다 밤마실을 간다. 후다닥 저녁상을 물리고 아기 주먹만 하게 수박을 썰어 담고 비스

122

킷이나 쿠키 같은 주전부리도 함께 챙긴다. 낮이 길어, 저녁 8시인데 아직 환하다. 놀이터 옆, 등나무와 포도나무가 엉클어진 넝쿨 아래, 긴 의자들을 들여놓은 쉼터가 우리가 마실을 가는 곳이다. 보랏빛 등꽃이 봄바람에 하늘거리는가 싶었는데 벌써 초여름 살랑이는 저녁 바람에 연둣빛 포도 열매가 여물어 가고 있다. 포도잎들은 또 얼마나 초록초록한지.

동네 어른 몇 분이 우리보다 먼저 등나무 포도나무 넝쿨 아래 자리를 잡고 있다. 아이들은 "수박 드세요, 과자 드세요." 하며 신이 나서 부산하다. 수박 향기는 바람에 날리고 동네 어른들은 밖에 나와 먹으니 더 맛있다며 아이들에게 덕담도 잊지 않는다. 시원한 바람이 맨 팔뚝의 솜털을 일제히 세워 놓고 가기도 한다. 수박을 베어 문다. 후두두 씨를 뱉는다. 크게 숨을 들이쉰다. 내쉰다. 오래 눈을 감았다. 뜬다. 이것만으로도 족하다.

어렸을 적에는 겨울이 좋았고, 젊었을 적에는 가을이 좋았다. 지금은 여름도 좋다. 이 밤마실 덕분에 나는 여름에 먼저 도착해 있다. 이제 곧 열매를 재촉하는 비와 햇빛이 들이부어질 것이다. 지루한 장마도 작렬하는 불볕더위도 여름을 여름이게 하는 여름다움이다. 여름 가뭄도, 열대야도, 피서와 그 인파도 금세 지나갈 것이기에 여름다워서 좋다. 하루해가 떴다 지듯이, 남은 한 해도 금세 저물 것이다.

시간은 길이가 아니라 깊이와 밀도로 지각된다. 햇빛과 함께 비가 풍성한 여름에는 시간의 밀도가 높기 마련이다. 성장의 속도와 그 밀도가 절정에 이르는 여름의 임계점을 상상해 본다. 그 모든 것들의 절정 혹은 최대치! 이렇게 여름을 좋아하게 된 걸 보면 나는 여름의 임계점을 막 지나온 것임이 분명하다. 자신에게 결핍된 것들을 좋아하고 그리워하는 게 세상 이치일 테니. 이제 조금 더 늙으면 사무치듯 봄을 좋아하게 될 것이다. 어느 봄날의 꽃잎처럼 부드럽고 환하게 생의 꽃받침을 받쳐 들고 싶어지리라.

첫째 아이는 인라인을 타고, 둘째 아이는 자전거를 탄다. 아파트 단지를 한 바퀴 돌고 올 때마다 한입 가득 수박을 받아 물고는 다시 바퀴를 굴려 시야에서 사라진다. 남편은 전통 무예 자세로 몸을 풀고, 나는 등나무와 포도나무 넝쿨 아래 가부좌를 틀고 앉아 복식호흡을 하며 아이들이 또 한 바퀴를 돌고 오기를 기다린다. 놀이터에는 저녁밥 먹고 나온 한 무리의 아이들이 그네를 타고 있다. 동네 어른들은 넝쿨 아래 긴 의자에 앉아 부채질을 하며 도란도란 중이다. 순간순간의 당신들을 만나지 못했다면 이 순간 역시 없을 것이다. 그러니 그 순간순간이 사랑이었을 것이다.

　가까스로 맺힌 연둣빛 포도알들도 저녁 어스름의 깊이를 더해 간다. 이렇게 매일 저녁이 올 때마다 당신들을 향한 내 사랑이, 공중에 늘어진 저 투명하고 실한 포도알처럼 익어 갈 것이다. 수박 향기에 묻혀 쑥쑥 깊어지는 시간의 향기가 청신하다, 느림의, 생명의, 평화의 향기가.

　한 해의 절반이 지나갔든 한 해의 절반이 남았든, 아이들의 놀이터 한 바퀴에 시구절 하나를 중얼거려 본다. 아이들의 단지 한 바퀴에 여름방학 계획도 세워 보고, 아이들의 동네 한 바퀴에 새해에 품었던 올망졸망한 희망도 추슬러 본다. 그렇게 한 바퀴를 더할 때마다 내 안의 이랑과 고랑에도 배춧속처럼 실한 속살이 들어차리라. 그리고 너무 많은 것을 품에 넣으면 짐이 된다는, 작은 것 하나 못 내주는 인색한 손도 결국은 떨어진다는, 평범한 이치를 일깨워 주는 가을과 겨울이 올 것이다.

　지금 수박은 최대치의 맛과 향기를 품고 있다. 당분간은 저녁 밥숟가락을 놓자마자 아이들이 먼저 서두를 것이다. 수박도 더 넉넉하게 준비해야겠다.

　"그러니 당신도 여름 저녁이 덥고 지루하거든 한번 들러 주세요, 여기 등 넝쿨 포도 넝쿨 아래로요. 잘 여문 수박

씨를 후두두 뱉어대는 이 순간이 바로 여름 최대치에 뿌린
사랑의 씨앗이라서요."

가을은 우리를 시인이게 한다

당신에게 가을은 어떻게 오는가? 내게 올가을은, 네댓 살 된 아이의 손을 잡고 다른 한 손에 햇과일이 든 비닐봉지를 들고 골목을 걸어가는 젊은 엄마의 치맛자락에서 온다. 치맛자락을 살랑이게 하는 순한 바람과, 한 옥타브쯤 높게 무어라무어라 쫑알대는 꼬마의 목소리와, 비닐봉지에서 새 나는 달콤한 과일 향기가 익어 가는 오전의 골목 풍경! 아이(목소리), 엄마, 과일(향기), 치맛자락, 순한 바람, 오전(햇살), 골목…… 사랑하는 것들로 꽉 찬 풍경이다. 가을은 내게 그렇게 오고 있다.

사과와 모과와 배가, 감과 밤과 대추가, 그리고 배추와 호박과 고구마가 맛 들어 가는 즈음이다. 여름을 열매 맺는 초가을 오전의 햇살은 주렁주렁한, 꽉 찬, 향긋한, 부푼, 여문, 달콤한, 끈적끈적한 감각의 향연을 거느리고 점령군처럼 침입한다. 금세 오감을 무장해제시켜 입안에 군침이 돌게 하고는, 만지고 빨고 베어 물고 깨물어 먹고 싶게 한다. 그렇게 무르익어 가는 가을은 어머니의 가슴처럼 풍요롭다. 어머니의 품에서 들었던 심장박동 소리를 환기해 주곤 하는데, 가을에 유독 가슴이 두근두근하는 이유다.

이제 곧 물가나 언덕, 덤불이나 채마밭에서는 귀뚜라미, 각다귀, 제비, 울새 들이 한껏 제 흥에 겨워 노래할 게다. 귀뚜라미에게 가을은 바야흐로 짝짓기의 계절이다. 각다귀도 어서 알을 남기고 떠나야 하고, 제비나 울새도 더 추워지기 전에 따뜻한 곳을 찾아가야 한다. 그들이 부르는 이 가을 노래는 죽음을 예감하는 쇠락의 절정에서 강렬한 사랑 혹은 삶에 대한 애착을 구가하는 소리다. 또한 다음 봄을 잉태할 생명을 남기겠다는 의지의 외침이기도 하다. 그러니 덩달아 그들의 가을 노래를 듣는 우리 귓바퀴도 쫑긋쫑긋 나풀나풀 익어 갈밖에.

다음 여름을 기약하는 온갖 날것들의 울음소리가 없는 가을을 상상할 수 없다. 가을을 불러들이는 그 울음소리는 울음과 노래, 그리고 사멸과 탄생 사이의 침묵에 귀를 기울이게 한다. 과일이나 열매가 심장 그 자체라고 믿기 때문이다. 가을을 설레게 하는 그 박동 소리는 달콤 쌉싸래한 과일 향기에 담긴 누군가의 살냄새를 생각하게 하고, 살랑대는 가을바람 속에 숨은 누군가의 숨결을 생각하게 한다. 무엇보다 휘영청 밝은 달은 가을을 완성하는 마침표다. 높고 먼 가을 달을 바라보면 이 세상을 내려다보는 또 다른 맑고 큰 눈이 있음을, 그 눈이 전하는 비밀의 말이 있음을 깨닫게 된다.

14세기 페르시아 시인 잘랄 앗 딘 알 루미는 이렇게 노래했다. "이 잎들은 혀와 같고/ 그 과일들은 심장과 같으니/ 심장들이 그들의 얼굴을 보일 때/ 그들은 혀를 가볍게 한다"라고. 가을은 '잎' 이후의 '과일'을, '혀' 이전의 '심장'을 헤아리게 하는 계절이다. 그러니 굳이 펜을 들지 않더라도 심장 속에서 맛 들어 가는 시심(詩心)을 거풍해 보는 것만으로도 이 가을은 향연 그 자체이리라.

바람이 분다. 가을바람이 불면, 바람에 몸을 던지듯 오늘 하루쯤은 심장을 활짝 열고 가을을 맞아 보자. 어쩌면 영화 「타이타닉」의 레오나르도 디카프리오 같은 그 누군가가, 혹은 그 무언가가 내 등 뒤에 서 있어 줄지도!

가을의 길목에서 두 팔 벌려 맞이하는 이 바람이, 평범한 그 가을 골목에서 젊은 엄마의 치맛자락에 살랑이게 했던 저 바람이, 바로 오늘의 기적이다. 올가을의 다행이다. 살아 있음의 축복이다. 우리가 매일매일 체험하는 오늘이라는 이름의, 다행이라는 이름의, 그리고 축복이라는 이름의……

4장

물론이라는
엄마들

내 영원의 소울푸드, 팥칼국수

"잘 이겨라." 하며, 엄마는 큼지막한 양푼에 물을 조금 부은 밀가루를 안방으로 들이밀었다. 물 근처에도 닿지 못한 채 풀풀 날리는 밀가루가 8할인 양푼을 들여다보며 우리가 늘 "엄마, 물이 적어~"라고 소리치면 "더 이겨 봐~"라는 말만 되돌아왔다. 신기하게도 풀풀 날리던 8할의 밀가루도 2할의 젖은 밀가루 뭉치와 섞어 치대고 치대다 보면 단단한 한 덩어리로 뭉쳐지곤 했다. 밀가루와 씨름하듯 치대면 치댈수록 칼국수 면발은 더 쫀쫀해진다는 걸 우리는 일찌감치 알고 있었다.

팥칼국수를 만드는 날은 잔칫날이다. 축제나 놀이처럼 온 가족이 함께하지 않고서는 만들어 먹기 힘든 음식이다.

팥을 삶고 으깨고 껍질을 걸러 팥 국물을 내는 일도, 밀가루를 반죽해 밀고 자르고 털어 칼국수를 빚는 일도, 그것들을 큰 솥에 끓여 내는 일도 모두 손이 많이 갔다. 게다가 식구가 많아 팥죽을 한번 쑤면 두세 솥을 끓여 놓고는 별식으로 먹곤 했으니.

우리의 1단계 작업은 반죽이다. 언니, 막내 오빠, 내가 한 조를 이뤄 번갈아 가며 밀가루를 섞고 주무르고 때리고 다시 바꾸어서 주무르고 때리고……. 이렇게 반죽이 끝나면 2단계 밀기가 시작된다. 교자상, 알루미늄상, 쟁반, 도마 등이 동원되었다. 네 살 위 언니는 홍두깨로, 한 살 위 막내 오빠는 소주병으로, 나는 다듬잇방망이로 무릎을 꿇은 채 힘을 조절하며 반죽을 밀고 밀었다. 미는 도구나 힘에 따라 칼국수의 두께와 길이를 조절할 수 있는데, 내가 먼저 다듬잇방망이로 대충 밀어서 오빠에게 넘기면, 막내 오빠가 밀가루를 한번 뿌려 소주병으로 더 넓게 밀어 언니에게 넘기고, 언니가 다시 밀가루를 뿌려 홍두깨로 얇고 고르게 마무리했다. 그렇게 둥그렇게 밀린 반죽들에 밀가루를 뿌려 층층이 쌓아 놓으면 2단계 작업이 끝난다.

3단계 작업은 말기, 썰기, 털기다. 둥그렇게 밀린 반죽을 돌돌 마는 일은 오빠, 써는 일은 언니, 터는 일은 내 몫이었다. 특히 언니가 맡은 썰기는 써는 두께에 따라 면발의 굵기가 달라져 숙련이 필요한 작업이었다. 내가 썰린 뭉치에 밀가루를 뿌려 가며 탈탈 털어 교자상 위에 펼쳐 놓으면 오빠가 다시 채반에 옮겨 부엌의 엄마에게 전달했다. 팥물이 폭, 폭, 폭, 끓어오를 때 칼국수를 넣고 칼국수가 익는 동안 후다닥 안방을 정리하고 손을 씻고 교자상 다리를 세워 펼쳐 놓으면 끝이다.

치대고 밀고 썰고 터는 사이 잠시 제 손이 노는 틈에 반죽을 조금 떼어 내 자기만의 분신을 만들었다. 복주머니, 물고기, 강아지, 꽃, 별 따위를 납작하게 만들어 채반 옆에 놓아 두면 엄마는 그대로 익혀 팥칼국수와 함께 담아 주었다. 제 분신들을 찾아 먹는 재미는 고명 같았다. 동지죽을 할 때는 밀가루 대신 찹쌀가루를 치대, 칼국수 대신 새알심을 만들었다.

엄마는 늘 팥을 소중히 여겼다. 붉은 팥은 피, 흰 쌀은 살이라며 팥고물과 쌀가루를 시루에 켜켜이 안쳤다. 그렇게 찐 팥시루떡을 시루째 생일상에 올려놓고 "성주님네 조왕님네"에게 건강한 살과 피를 갖게 해 달라고 빌곤 했다. 피를 연상시키는 팥은 부정을 막아 준다고도 했다. 팥죽은 물론 경단이나 부꾸미나 버무리 등을 만들 때도 팥은 소중했다.

팥의 영양가와 효능은 과학적으로 증명되었으니 성장기 육 남매에게 팥은 피와 살이 되었던 건 분명한 사실이다. 또 그렇게 피와 살이 튼튼해져서 어지간한 부정들은 이겨 낼 수 있었을 것이다.

그렇게 팟, 팟, 팟, 끓은 팥칼국수를 한 그릇씩 받아 들면 너무 뜨거워 식기를 기다려야 했다. 조금이라도 빨리, 조금이라도 많이 먹기 위해 우리는 머리를 짜내곤 했는데, 여름엔 양푼에 찬물을 담아와 팥칼국수 사발을 그릇째 담가 놓고 식히면서 먹었고, 겨울엔 방 밖에 나가서 차갑게 언 것들 위에 놓고 먹었다. 눈이 쌓였던 언젠가 오빠와 나는 눈 쌓인 화단에 팥칼국수 사발을 놓고 먹기도 했다. 흰 눈 더미 위에서 모락모락 김을 피워 올리던 팥칼국수는 유난히도 붉었다. 그렇게 경쟁하듯 먹으면 두세 그릇쯤은 마파람에 감춘 게 눈이었다. '식힌(!) 죽 먹기'는 이럴 때 쓰는 말이다.

어린 시절 우리를 환하게 했던, 뽀얗게 구수했던 밀가루 냄새와 붉게 달콤했던 팥물 냄새는 엄마의 피와 살 냄새였고, 물씬한 이 땅의 어둠과 빛의 냄새였던 거다!

고구마순 된장무침

첫째가 배 속에 자리를 잡던 초여름쯤이었을 것이다. 자연유산과 자궁외임신 후에 어렵사리 들어선 첫째 때의 입덧은 심했다. 또 유산에 대한 노심초사에 입덧까지 심해, 안정과 보양을 위해 친정집으로 소환되었다. 입도 짧고 소화 기능도 약한 데다 입덧까지 더해져 크래커 몇 쪽으로 연명하던 나를 위해 엄마는 이것저것을 요리해 주었다. 결혼 후 얼마 만에 받아 보는 엄마표 밥상이란 말인가! 문제는 입덧이었다. 그 맛난 것들이 그림의 떡이었으니.

사흘째 되는 날 외출했던 엄마가 자색고구마순 묶음 두 단을 들고 왔다. "새 고구마순이 나오는 철이라 사 왔다, 너 잘 먹잖냐, 쫌만 기다려라, 맛있게 무쳐 줄 테니."

엄마는 거실에 신문지를 펼치고 앉아 익숙하게 고구마 줄기의 껍질을 벗기기 시작했다. 종일 누워만 있던 나도 엄마 옆에 앉아 껍질을 벗기기 시작했다. 익숙한 풍경이었다. 나는 열 살 적 내가 된 기분이었고, 엄마는 내 기억 속에 선명한 마흔 중반의 엄마인 것만 같았다. 막내였던 나는 어릴 적 엄마 껌딱지였다. 엄마가 집안일 하는 걸 지켜보거나 거들어 주곤 했던, 엄마의 꼬마 조수였던 셈이다. 주로 지키거나 가져다주거나 다듬거나 젓거나 하는 일들이었는데, 그때마다 한 입씩 얻어먹던 그게 참 별미였다.

지금처럼 여름이면 엄마는 자주, 잎들이 풍성한 자색 고구마순 두세 단을 사 들고 와 "끄뼈라 —" 하고 나를 부르곤 했다. 그러면 "응 —" 하고 달려 나와 엄마 곁에서 고구마순 껍질을 벗기기 시작했다. 잎이 붙어 있는 줄기 끝을 잡고 잎을 바깥쪽으로 꺾어 떼어 내면서, 보라색 껍질 부분을 조금 남겨 줄기를 감싸듯 당긴다. 당기면서 껍질을 '쓰 — 옥' 벗겨 내면 절반의 연둣빛 속줄기가 드러난다. 그리고 다시 잎이 있던 줄기 끝을 안쪽으로 살짝 부러뜨리면서 결대로 '쓰 — 옥' 벗겨 내면 끝이다. 이걸 고구마순의 수만큼 무한 반복해야 한다. 그 사이사이 엄마는 쌀을 씻어 밥을 안치고 고구마순 데칠 물을 끓이고 양념을 준비해 놓고 다시 와 남은 고구마순 껍질을 벗겼다. 엄마는 '쓱쓱', 나는 '쓰 ─ 윽 쓰 ─ 윽'이었다. 그렇게 두 세단을 다 벗기고 나면 보라색 껍질에 손끝이 까맣게 물들곤 했다.

　　엄마는 물고구마인 초록 고구마순보다 밤고구마인 자색고구마순이 더 맛있다고 했다. "자주꽃 핀 건 자주감자/ 파 보나 마나 자주감자// 하얀 꽃 핀 건 하얀감자/ 파 보나 마나 하얀감자"(권태응, 「감자꽃」)라는 동시를 처음 읽었을 때다. 백 년에 한 번 핀다는 고구마꽃을 본 적 없는 나는 "자주 고구마순은 밤고구마/ 연두 고구마순은 물고구마/ 빨간 고구마순은 호박고구마/ 파 보나 마나지// 껍질을 벗기면 똑같이 연두지"라고 개작해 읽곤 했다.

　　엄마는 끓는 물에 소금을 넣어 껍질을 벗긴 고구마순을 삶아 찬물에 헹군 다음, 젖 먹던 힘을 다해 삶은 고구마순을 짜고 또 짰다. 그리고 된장, 고춧가루, 어슷어슷 썬 풋고추와 홍고추와 파, 다진 마늘, 참기름과 깨를 비벼 넣고 조물조물. 엄마는 그렇게 갓 무친 고구마순을 양념 묻은 손가락으로 푸짐하게 말아서 내 입에 넣어 주었다. "어떠냐, 입맛이 좀 도냐?"

　　신기한 일이었다. 음식 냄새부터 거부하던 몸이 순식간에 함락되었다. 나는 부엌에서 선 채로 양푼에 담긴 갓 무친

고구마순에 찬밥 한 주걱을 넣고는 싹싹 비벼 먹었다. 엄마
는 "쫌만 기다렸다 따순 밥에 국하고 먹지……." 하시면서도
허겁지겁 먹고 있는 나를 보며 "아이고, 입에 밥 들어가니 이
젠 살것다!" 하며 좋아했다. 저녁 밥상에서도 나는 갓 지은
밥과 국에 고구마순 무침 또 한 그릇을 뚝딱 비웠다. 그렇게
두세 끼를 연달아 뚝딱했던 고구마순 된장무침 덕분이었을
까. 내 입덧은 끝이 났고 나는 정상 생활로 복귀했다.

　팔순 중반의 엄마는 지금도 이런저런 김치와 밑반찬을
챙겨 줄 정도로 정정하시다. 그 밑반찬에는 여름 가을이면
간간이 고구마순 된장무침도 섞여 있다. 갓 무친 그 자리에
서 양푼째 놓고 먹던, 조금 남겨 양푼에 밥을 비벼 먹던 그
맛에는 못 미치지만(무릇 음식이란 시간과 공간을 옮기면 그 맛
이 떨어지기 마련이다!), 무엇보다 곤한 입덧 끝에 먹었던 그
맛에는 더욱 못 미치지만, 나는 여전히 고구마순 된장무침
이 있으면 밥 한 그릇을 뚝딱하곤 한다.

　간혹 식당이나 다른 곳에서 고구마순 된장무침을 먹어
보기도 했으나 엄마표 고구마순 된장무침과는 사뭇 달랐다.
엄마표 고구마순 된장무침의 비법은 설컹거리거나 퍼지지
않게 잘 삶는다, 물기를 꽉 짠다, 조물조물을 잘한다에 있다.
식감을 좋게 하고 양념을 잘 배게 하는 비법일 것이다. 양념

의 비법은 엄마표 참기름과 깨 등속의 비율에도 있을 테지만 가장 중요한 건 된장을 베이스로 고춧가루를 넣는다는 것, 풋고추와 파를 어슷어슷 썰어 넣는다는 것에 있다. 그러나 뭐니 뭐니 해도 엄마의 손맛에 길들어진 내 입맛에 있을 것이다.

그렇게 정정하던 엄마가 며칠 전부터 자꾸 어지럽다며 자식들을 호출하신다. 최근에 생긴 나의 로망은 일주일에 한 번씩 홀로 사는 엄마 집에 엄마, 언니, 나, 이렇게 세 모녀가 모여 이런저런 추억의 제철 음식을 만들어 먹는 거다. 물론 아직은 실행에 옮기지 못하고 있다. 그 목록에 고구마순 된장무침이 있다.

이제 요리사는 언니다. 엄마는 구전(口傳)으로 이것저것 지시하실 게고, 나는 여전히 고구마 줄기를 벗기거나 입만 들고 가 제일 맛있게 먹을 것이다. 그리고 이렇게 말하리라. "음 — 엄마표 고구마순 된장무침이랑 뭐가 다르냐면⋯⋯."

더 훗날에는 고구마순 된장무침을 내가 무치게 될 것이다. 깔끔하고 짭조름하고 칼칼하고 꼬숩고 와삭와삭한 그 맛이 너무 그리워 불현듯 아현시장에 나가 자색고구마순을 사와(그때도 껍질을 벗기지 않은 자색고구마순을 찾아낼 수 있을까?) 엄마가 했던 대로 무쳐 볼 것이다. 그리고 함께 먹고 있

물론이라는
엄마들

을 딸들에게 또 이렇게 말하리라. "할머니표 고구마순 된장무침이랑은 뭐가 다르냐면……."

막고 품어라

얼마 전의 일이다. 소파에 누워, 모 신문사 기자가 서정춘 시인과 인터뷰한 글을 읽던 중이었다. 평소 자식들을 향해 "네 애비 본적은 전라도다."라고 말해 왔다는 시인답게 인터뷰에서도 시인은 전라도 사투리를 맛깔스럽게 구사했고 기자도 그 입말의 맛을 최대한 살려 내고 있었다. 시인은 아버지 얘기에 이르러 눈물을 글썽였다고 한다. 미당 서정주 시인이 살았을 적 서정춘 시인의 아버지 얘기를 듣고 "자네 아버지가 나보다 훌륭한 시인이네, 나보다 윗길이네."라고 했다는 그 아버지였다. 그리고 나는 벌떡 일어나 책상 앞에 앉았다. 서정춘 시인 아버지가 했다는 "막고 푸는 거여."라는 말 때문이었다.

시인 아버지의 이야기는 이러했다. 미당 시인이 청년 서
정춘의 시재(詩材)를 높이 사 서라벌예대 장학생으로 추천하
겠다고 했을 때의 일이었다. 당시 서정춘은 먹고 잘 데도 없
을 정도로 가난했다. 하여 마부였던 아버지에게 어릴 적부터
듣곤 했던 "중이 되면 바랑을 메라."라는 말과 "낚시질 못하
는 놈은 막고 푸는 거여."라는 말로 사양했다는 것이다.

빙고! 어렸을 적부터 엄마에게 자주 들었던 "막고 품어
라."라는 말의 어원을 서정춘 시인의 마부 아버지 말에서 찾
았다. 서정춘 시인이 덧붙였던 이 말에서 말이다. "됫박으로
바닷물을 퍼내라는 뜻이여. 잔꾀 부리지 말고 바닷물을 퍼
내고 고기를 잡으라는 뜻인데, 낚시질 못하는 놈은 둠벙을
막고 물을 퍼낸 뒤 물고기를 잡으라는 것과 같은 것이여." 마
부 아버지의 말에서 미당은 자신보다 '윗길'인 시인의 품새
를 읽은 것이다.

내 엄마의 본적도 전라도다. 엄마도 우리가 무엇엔가에
사로잡혀 들떠 있거나, 뻥과 구라가 뒤섞인 장밋빛 청사진
을 펼쳐 보이거나, 그리하여 김칫국부터 마시고 있을 때면
일갈하곤 했다. 막고 품어라. 그때마다 나는 앞뒤 맥락과 눈
치로 그 말의 의미를 짐작할 수는 있었으나, 번번이 왜 막고
품으라는 걸까 궁금해하곤 했다. 정작 그 말의 사전적 의미

를 몰랐기 때문이다. 입말이라 '막고 품어라'인가, '맞고 품어라'인가, '맡고 품어라'인가, 긴가민가하기도 했다. 게다가 '막고'의 의미가 금지하다의 의미인지, 끝내다의 의미인지, 포기하다의 의미인지도 불분명했다. 그래도 이런저런 시련이나 유혹을 이겨 내고 제 분수대로 살라는 말인 줄은 알았다. 게다가 '품다'가 품에 안다가 아니라 푸다 혹은 퍼내다의 명사형일 거라고는 생각지도 못했다.

서정춘 시인의 인터뷰를 읽다 벌떡 일어나 책상에 앉아 나는 이런 시를 썼다. "열 마지기 논둑 밖 넘어/ 만주로 일본으로 이북으로 튀고 싶으셨던 아버지도/ 니들만 아니었으면, 을 입에 다신 채/ 밤 보따리를 싸고 또 싸셨던 엄마도/ 막고 품어 일가를 이루셨다/ 얼마나 주저앉아 막고 품으셨을까/ 물 없는 바닥에서 잡게 될/ 길 막힌 외길에서 품게 될/ 그 고기가 설령/ 미꾸라지 몇 마리라 할지라도/ 그 물이 바다라 할지라도"(정끝별,「막고 품어라」) 순식간에 써 내린 구절이다.

내 아버지도 '치고 빠지듯' 평생을 도모하고 모색했지만 늘 다시 돌아와 '막고 품었다'. 엄마야말로 평생을 '막고 품어라'의 정신으로 천방지축이었던 식구들의 결핍을 채워 주곤 했으리라. '막고 품었던' 그 삶이 육 남매를 무사히 품어

낸 원천일 것이다. '막고 품었던' 그 품으로 일가를 이루었을
것이다.

내 영혼의 따뜻했던 밥들

아침을 거른 데다 손에 잡았던 일마저 늦게 끝났다. 늦은 점
심차 소슬한 가을비 속을 걸어 도착한 설렁탕집은 아직도
만원이었다. 가까스로 중년의 남자와 합석을 했다. 모르는
남녀가 한 테이블에 마주 앉아 밥을 먹기란 민망한 일이다.
그러니 서로의 눈은 핸드폰 아니면 먼 밖을 향하기 마련이
다. 각자의 설렁탕이 배달되고 서로를 조금은 의식하며 숟
가락질을 했을 것이다. 남자가 먼저 일어났다. 혼자 남아 천
천히, 다 먹고 일어나 계산을 하려는데 같은 테이블에 앉았
던 남자가 계산하고 갔다고 했다. 이런 일도 있군 싶었다. 살
짝 들뜬 마음으로 '설렁탕과 로맨스'라는 제목의 시 한 편을
썼다. 어색하고도 설던, 담백하고도 구수했던, 그날의 뜨끈

한 설렁탕 한 그릇을 생각할 때마다 입꼬리 살짝 올라가는
이유는?

사춘기에 접어든 첫째 딸과 부딪치는 횟수가 늘어간다.
딸과 부딪치다 보면 두 번에 한 번은 남편과도 부딪치기 일
쑤다. 그 일요일 아침도, 그렇고 그런 이유로 딸에 이어 남편
과 부딪쳤다. 이불을 뒤집어쓴 채 아침도 거르고 점심도 걸
렀다. 저물녘이 되자 목도 마르고 배도 고팠다. 침대 맡을 드
나들며 내 눈치를 살피며 밥 먹기를 권하던 열 살짜리 둘째
딸이 엄마 일어나 이것 좀 먹어 봐, 한다. 물 한 잔과 비빔밥
을 쟁반에 받쳐 들고 와, 엄마가 좋아하는 낙지젓과 마늘장
아찌에 고추장과 참기름을 넣어 비벼 왔어, 한다. 어린것의
마음 씀씀이에 뭉클했다. 여린 마음에 엄마 아빠 언니의 불
화가 얼마나 불편했을까 생각하니 후회가 밀려왔다. 그래
첫째 딸도 저렇게 예뻤는데, 저 예쁜 딸들을 남편과 낳았는
데…….

모두에게 미안한 마음으로, 물부터 마시고 마늘이 서걱
서걱 씹히는 매운 비빔밥을 맛나게 다 먹었다. 낙지젓과 마
늘장아찌 고추장 비빔밥을 누가 먹어 보았겠는가. 그것도
침대에서.

이 대학 저 대학을 전전하던 강사 시절이었고 바야흐로

겨울방학이 얼마 남지 않은 때였다. 그때쯤이면 한 해의 피로와 한 학기의 노독이 쌓이기 마련, 설상가상의 감기를 한 달째 끌어안고 있었다. 밥맛도 없는 데다 밥 먹을 시간도 놓친 채 들어간 오후 첫 강의는 식은땀과 현기증으로 절반을 못 채우고 중단했다. 이어서 들어가야 할 두 번째 강의를 위해 뭐라도 먹어야 할 것 같아 학생 식당을 향했다. 나로서는 모험이었다. 낯선 대학인 데다 그 대학에서 처음 먹는, 게다가 혼자 먹는 식사였으니. 요기만 하려고 가장 간단한 라면 한 그릇을 시켰다. 잘 익은 깍두기와 함께 적당히 매운 국물을 한 방울 남기지 않고 말끔히 해치웠다. 말 그대로 순식간에 삭제한다는 '순삭'이었다. 주변을 잊은 채 땀을 뻘뻘 흘리며 먹는 동안 피가 도는 듯했다. 인생 라면이었다. 아니나 다를까 다음 날로 한 달 묵은 독감이 뚝 떨어졌다. 그렇게 맛있는 면발과 국물, 깍두기를 다시는 먹어 보지 못했다. 같은 식당의 같은 라면인데도 그날의 그 맛은 아니었다.

영혼을 따뜻하게 했던 밥 생각을 하다 보면 어릴 적 쌀을 가지고 놀던 때로 돌아간다. 멍석에 널려 있거나 바가지에 담긴 쌀에서는 달큰하면서도 구수한 냄새가 났다. 후각뿐 아니라 촉감도 좋았다. 모래 놀이처럼 쌀들을 쌓았다 흐트러뜨리고, 뭔가를 썼다가 주르르 흘러내리게 하며 놀다 보면 시간 가는 줄 몰랐다. 쌀뿐만이 아니었다. 마당이나 마루 귀퉁이에 널린 조, 팥, 깨 따위의 곡식들, 생선, 채소, 과일 등속의 온갖 오가리들이 다 소꿉 놀잇감이었다.

그렇게 놀다 보면 엄마는 촤르르 촤르르 쌀을 씻고 쌀 뜨물을 받고 쌀을 안치고 쌀을 끓이곤 했다. 밥 냄새가 솔솔 퍼지기 시작하고 "밥 먹어라." 식구들을 부르는 엄마 목소리가 더해지면 세상에서 가장 따뜻한 저녁의 힘이 솟아났던가. 특별하달 것도 없는 그런 소박하면서도 아늑한 저녁이, 나를 키운 8할이었다.

병치레가 잦았던 날 위해 자주 끓여 주었던 깨죽, 녹두죽, 호박죽, 팥죽 들, 동네 빨래터에 빠졌을 적 언니 등에 업혀 와 허겁지겁 들이마셨던 뜨끈하고 뽀얀 뼛국물. 연탄 화덕을 마당에 내놓고 아버지가 왕소금을 뿌려 석쇠에 구워 주셨던 닭발, 오리발, 닭똥꼬, 오리똥꼬, 내장 등속들. 저물녘 집으로 달려올 때 골목에서부터 점점 가까워지던 돼지고기를 듬뿍 넣은 칼칼한 김칫국……

그런 기억 때문일까. 맞벌이치고는 먹는 일에 열심, 진심인 편이다. 둘째 아이의 등교를 내가 책임지고 있는 요즈음엔 남편이 아침 준비를 한다. 간단하지만 그래도 국이나 찌개가 빠지지 않는 아침상이다. 채소를 즐겨 먹지 않는 딸들을 위해 과일 후식도 잊지 않는다. "뜨뜻한 아침밥을 먹고 자란 자식은 크게 어긋나지 않는다."라고 했던 엄마 말을 가훈처럼 여기며 살고 있다.

보고 싶은, 좋아하는 사람들과 밥을 먹는 일은 즐겁다. 만나는 사람, 그날의 계절이나 날씨, 용무에 따라 밥집과 메뉴를 정하는 일은 일종의 생활예술에 가깝다. 그 마음이 조화롭게 잘 맞아떨어졌을 때의 즐거움은 몸의 일이기도 하지만 마음의 일이기도 하다. 그렇게 잘 먹은 밥 한 그릇이 내 삶의 징검다리다. 내 영혼을 따뜻하게 데워 주는 뜨시뜨시한 밥 한 그릇이 있어 나는 오늘도 집 밖을 나선다. 밥심이 뱃심이고 뒷심이다.

우리를 말갛게 하는 순간들

어김없이 가을이 오고 있다. 햇빛마저도 깊고 구수한 냄새를 풍기기 시작한다. 아침저녁 바람은 어제와 다르게 선득선득하고 베란다에 놓인 공기 정화 식물도 수척해지는 느낌이다. 덩달아 나도 눈을 기다랗게 뜨고 사부작사부작 한눈파는 일이 잦아지는 즈음이다.

운동장 옆 주차장 한갓진 곳에 주차한다. 잠시 자동차앞 유리창으로 쏟아져 들어오는 아침 햇살과 아직은 무성한여름 나무들을 바라보는 중이다. 휴~ 길게 안도의 한숨을내쉰다. 네 식구의 출근과 등교를 위해 두 시간 남짓 동동거렸던 아침의 단숨을 고르는 시간이다. 자동차에서 내려서면이젠 일터다. 다시 단숨에 달아올라 동동거릴 것이다. 이 경계의 아침 순간을 나는 사랑한다.

비가 오거나 눈이 오거나, 꽃이 피거나 낙엽이 지는 날이면 이 순간이 길어지곤 한다. 이 순간을 길게 즐길 수 있는 날이면 텀블러의 커피를 마시기도 하고 운전석을 뒤로 젖히기도 한다. 엄마나 아내, 선생이나 동료, 그 누구도 아닌 채, 아무의 간섭도 없이, 별생각도 없이, 유일하게 나 혼자서 나일 수 있는 순간이다. 내가 나를 즐기는 시간이다.

변신을 해야 하는, 다른 역할이 기다리는, 그렇지, 지금 이 순간! 햇살과 나무와 커피와 침묵이 있는 오롯한 잠시의 순간이다. 대체로 멍 때릴 때가 많지만, 조금 길어질 때면 행복한 것, 사랑하는 것, 가슴에 슬어 놓은 것, 안 할 게 분명하지만 그래도 해 보고 싶은 것 들이 스르르 풀려나오곤 한다.

"울고 있는 아이의 모습은 우리를 슬프게 한다."로 시작했던 안톤 슈낙의 「우리를 슬프게 하는 것들」이라는 수필이 국정교과서에 실렸던 적이 있다. "정원의 한 모퉁이에서 발견된 작은 새의 시체 위에 초가을의 따사로운 햇볕이 떨어져 있을 때, 대체로 가을은 우리를 슬프게 한다. 게다가 가을비는 쓸쓸히 내리는데 사랑하는 이의 발길은 끊어져 거의 한 주일이나 혼자 있게 될 때……." 좔좔 외우던 글이다.

어디 그뿐인가. 가난한 노파의 눈물, 둔하게 울려오는

종소리, 가을 들판의 연기 한 줄기, 지붕 위로 떨어지는 빗소리……. 우리를 슬프게 하는 순간이란 실은 우리 영혼을 말갛게 해 주던 순간이자 기도의 순간이었다. 마음속의 현(絃) 한 줄이 퉁! 하고 울리는, 그 울림으로 하여 가슴에 물기가 돌고 온기가 돌던 순간이기도 했다.

르네 마그리트 전시회에서 읽었던 짧은 글도 떠오른다. "나는 냉소적인 유머와 주근깨, 여자들의 긴 머리와 무릎, 자유롭게 뛰노는 어린이들의 웃음, 골목을 뛰어다니는 어린 소녀들을 좋아한다." 너무 전위적이어서 모호하고, 너무 냉소적이어서 우울하게 느껴졌던 그의 그림을 생각하면, 그가 사랑했던 것들은 사소하기 그지없다.

비스와바 쉼보르스카도 「선택의 가능성」이라는 시에서 '더 좋아하는 것들'을 하염없이 나열하기도 했다. 이런 식이다. 바르타강가의 떡갈나무를 더 좋아한다, 집을 일찍 나서는 것을 더 좋아한다, 줄무늬의 오래된 도안을 더 좋아한다, 잎이 없는 꽃보다 꽃이 없는 잎을 더 좋아한다, 책상 서랍들을 더 좋아한다, 숫자의 대열에 합류하지 않은 자유로운 제로(0)를 더 좋아한다, 얼마나 남았는지 언제인지 물어보지 않는 것을 더 좋아한다…….

가을이 오고 있다. 주차한 차 안에서 한숨을 돌리는 잠시의 순간이 지나가고 있다. 무심코 보내는 이 사소한 순간들이 이 삶을 살게 하고 견디게 해 주는 따뜻한 위로이자 구원이기도 하다. 너무 사소해서 더욱 소중한!

　그러니 잠시 한숨을 돌리고 그려 보시길, 오늘 당신을 슬프게 하는 것들이 무엇인지, 지금 당신이 더 좋아하는 것들은 무엇인지, 여기 당신이 다행이라고 생각하는 순간들이 언제인지, 저기 누구의 어떤 말 건넴이 당신을 빛나게 하는지. 그리고 화나게 하고 고통스럽게 하고 절망하게 하는 것들일랑은 나중으로 미루시길. 정말, 행복할 시간이 많지 않다. 틈나는 대로 한 가지씩만 더 추가해 보시라. 이 가을이 더욱 웅숭깊어질 것이다.

　오늘 아침 주차 후 나는 이런 순간들을 그렸다. 아침 이불 속에서 게으름을 피울 때, 압력밥솥이 증기를 배출하는 소리를 들으며 '오늘의 운세'를 읽을 때, 그래 지금처럼 주차 후 시동을 끄고 잠시 숨을 고를 때, 초가을 아침 햇살과 여름에서 가을로 가는 나무의 빛깔이 눈부실 때, 그걸 보며 첫 모금 전의 커피 향기를 맡을 때…….

시차가 빚어내는 한 편의 시

만약 당신이 과거로 되돌아갈 수 있다면, 그때 그곳에서 만나 보고 싶은 사람은 누구인가? 질문을 달리해 보자. 만약 당신이 지나가 버린 과거를 소환할 수 있다면, 지금 여기로 소환하고 싶은 사람은 누구인가? 어떤 모습인가?

두 발이 자꾸 허방에서 삐끗하고 자판 위의 손가락들이 자꾸 오타를 치는, 봄날의 오후였을 것이다. 영화「벤자민 버튼의 시간은 거꾸로 간다」를 보러 갔다. 노인의 몸으로 태어나 인생을 거꾸로 살아간다는 공상은 누구나 한 번쯤 품어 봤음 직하다. 영화의 원작은 스콧 피츠제럴드가 쓴「벤자민 버튼의 기이한 사건」이다. 이 단편소설은 '어려서는 빨리 어른이 되고 싶고, 늙어서는 조금이라도 더 젊어지고 싶은'

인간의 근원적 판타지를 그린 일종의 알레고리다. 물론 영화는 소설과 사뭇 달랐다.

어떤 사람은 달리면서 살고, 어떤 사람은 누운 듯이 산다. 어떤 사람은 하루를 열흘처럼 살고, 어떤 사람은 하루를 한 시간처럼 산다. 그리고 또 어떤 사람은 사랑을 향해 살고, 어떤 사람은 돈을 향해 산다. 어떤 사람은 자신을 바라보며 살고, 어떤 사람은 타인을 바라보며 산다. 우리는 모두 각기 다른 시간의 속도와 방향을 사는 것이다.

우리가 어떤 시간을 사느냐에 따라 우리의 삶이 결정된다. 누군가를 만난다는 것은, 내 시간의 속도와 방향이 누군가의 시간과 잠시 맞았다는 것을 의미한다. 그것은 정말, 우연 같은 운명이라고밖에 설명할 수 없다. 어쩌다, 나는, 그때, 그 자리에, 있었고, 하필, 그 혹은 그녀는, 그때, 그 자리에, 있었던 걸까? 우리는 어떻게, 각기 다른 시간의 방향과 속도를, 서로에게, 맞출 수 있었을까? 기적처럼 그렇게 서로를 당기고 서로에게 끌렸던 속도와 방향은 시간이 지나면서 차츰 어긋난다. 모든 사건과 불행은 이 어긋남에서 비롯된다.

영화 속 벤자민의 시간은 보통 사람과 반대 방향으로 흐른다. 태어나자마자 유모차를 타야 할 나이에 휠체어 타는 법을 배우고, 삶을 배워야 할 나이에 죽음을 배운다. 이런 '사건'은 진실을 전달하기 위한 '기이한' 이야기의 장치에 불과하다. 정작 이 영화가 말하고 싶었던 것은 "우리 모두의 시간은 다르게 간다."라는 메시지였다. 거꾸로 가든 바로 가든, 빠르게 가든 늦게 가든, 구부러져 가든 직선으로 가든 말이다.

나의 시간은 누군가의 시간과 만나 그 어떤 이야기를 꽃피운다. 그리고 꽃이 지듯 시간의 속도와 방향이 어긋나, 각자 가던 길을 마저 가기도 한다. 부모와 자식, 친구와 동료, 애인과 배우자의 시간으로 만나 서로의 시간을 같이하며 잠시 자신의 삶을 꽃피운다.

그러나 사랑할수록 서로의 속도와 방향에 민감해지는 법. 아내와 딸의 시간과 자신의 시간이 점점 더 어긋날 수밖에 없음을 알고 있는 늙은 벤자민은, 사랑하는 그들을 위해 자신의 모든 것을 남기고 홀로 떠난다. 나는 울었다. 사랑하는 사람들을 위해 자신의 미래를 소거하는 그 선택과 결단 때문이었다. 한참의 시간이 어긋난 후에 청년이 된 벤자민이, 중년의 아내와 청소년의 딸 앞에 나타난다. 아내는 말한다, 미리 떠난 "당신이 옳았다."라고. 나는 또 울었다. 시간의 어긋남으로 인한 후회나 미련 때문이 아니었다. 결국은 받아들일 수밖에 없는, 시간의 비정(非情)과 비애 때문이었다. 어긋나는 시차(時差)에 대한 연민과 매혹 때문이었다.

시간은 누구에게나 주어진다. 얽히고설키며 누구나 제 시간을 산다. 그러나, 시간을 거꾸로 살아야만 했던 벤자민의 독백처럼, 시간은 되돌릴 수 없다, 순리대로 살든 거꾸로 살든. 우리는 단지 그 시간을 살아갈 뿐이다. 모든 시간은 어긋나고 어긋난 시간은 지나가기 마련이다. 그러니 지금, 여기에서, 우리가, 이렇게 만나, 사랑할 수 있는 이 시간이 얼마나 소중한 것인지!

"누군가는 강가에 앉으려고 태어나고/ 누군가는 번개를 맞고/ 누군가는 음악에 조예가 깊고/ 누군가는 예술가이고/ 누군가는 수영을 하고/ 누군가는 버튼을 만들고/ 누군가는 셰익스피어를 읽고/ 누군가는 그냥 엄마다/ 그리고 누군가는, 춤을 춘다." 영화 속 벤자민의 이 마지막 독백은, 그리하여 내게 한 편의 시로 다가왔다. 시간의, 삶의, 아니 인간의 존재 이유를 노래하는!

봄날 흰머리 몇 가닥을 세다

영화 「디센던트」를 봤다. 영화를 보며 나는 죽은 자들이 후대에 남겨 줘야 할 유산이 무엇일까를 생각했다. 가족, 사랑, 자연, 그리고 또 뭐가 있을까? 영화는 보트 사고로 의식불명이 된 병상의 아내를 지켜보는 남편의 독백으로 시작한다. 자기만 모르고 있었던 아내의 외도 사실을 뒤늦게, 그것도 딸에게서 듣고는 반바지에 슬리퍼 차림으로 위태롭게 달리는 옆집 아저씨 같은 조지 클루니를 보는 재미가 삼삼했고, 질풍노도를 마감하려는 첫째 딸과 이제 막 시작하려는 둘째 딸의 만행은 남의 집 일만 같지 않아 동병상련했다. 무엇보다 그들의 일상이 펼쳐지는 하와이의 풍광은 안구 정화 그 자체였다.

그러나 정작 내가 주목했던 건, 병원으로부터 아내의 회생 불능 통고를 받고 남편이 꺼냈던 아내의 자필 서명 서류였다. 건강할 적 아내는 예기치 못한 사고에 대비해 생명 연장 의료를 거부한다는 서류를 작성해 놓았던 것이다. 영화관을 나오는 내 머릿속은 '연명 치료 거부서'와 '사후 장기 기증 서약서'로 가득 차 있었다. 어느덧 내 머리에도 흰머리 몇 가닥이 돋기 시작했고, 사고든 질병이든 불의의 죽음은 늘 삶과 이웃해 있으니.

원래 죽음이란 살아 있는 동안 미리미리 예비하고 준비해야 할 정기적금이나 보험과도 같다. 오래전이다. 200년쯤 후에는 인간의 수명이 200살까지 연장된다는 기사를 읽은 적이 있다. 아, 200살이라니! 내겐 축복이라기보다는 저주처럼 다가왔다. 끝이 없다는 것처럼 큰 저주가 있을까. 드라큘라나 좀비의 가장 큰 비극은 죽지 못하는 것일 거다.

"죽음은 삶이 만든 최고의 발명품"이라 했던 이는 스티브 잡스였다. 그는 암 선고를 받은 후에도 애플의 신화를 완성했다. 시련이나 고통 한가운데서, 중대한 선택의 갈림길에서 끝 혹은 죽음의 순간을 떠올려 보는 것은 내게도 큰 힘이 되곤 한다. 죽기 전에 뭐가 보일까? 뭐가 가장 후회스러울까? 마지막에 떠오르는 얼굴이 누구일까? 가장 아름다웠던 순간은? 이런 물음은 지금-여기의 삶을 더욱 두텁고 깊게 해 준다.

오래전에 봤던 「버킷 리스트」라는 영화에는 '죽기 전에 꼭 하고 싶은 것들'이라는 부제가 달렸다. 시한부 인생을 선고받은 노년의 두 남자가 얼마 남지 않은 삶에서 '꼭 해 보고 싶은 일들'을 리스트로 만든 후 이 리스트를 하나씩 '해 보는' 이야기였다. "인생에서 가장 많이 후회하는 것은 살면서 한 일들이 아니라 하지 않은 일들"이라는 영화의 메시지처럼, '버킷 리스트'란 덜 후회하는 죽음을 맞이하기 위한, 지금-여기-우리의 소중한 삶에 대한 성찰 리스트다.

가까스로 담아낸 삶이라는 양동이든, 결핍된 삶의 간절한 욕망의 목록들을 담아낸 양동이든, '버킷(bucket)'이라는 이 양동이는 스스로 올라선 후 (목을 매달 듯) 자신의 두 발로 차 내야 한다. 죽음이 삶을 다 비워 낸 텅 빈 그 무엇이라면, 삶이라는 양동이 관리가 바로 버킷 리스트인 셈이다. 지금-여기-우리라는 양동이에 당신은 무엇을 채우고 무엇을 비울 것인가.

아침이 싱그러운 것은 밤이 기다리고 있기 때문이다. 우리 삶이 소중하고 아름다운 것 또한 죽음이 있기 때문이다. 꽃이, 청춘이, 사랑이 아름다운 이유이기도 하다. 그러니 우리 삶이 팍팍할 때 버킷 리스트를 떠올려 보자. 리스트를 떠올리고 문장화하는 동안 지금-여기-우리의 삶이 다르게 보일 것이다.

오래전 수술과 긴 요양 후 대학생들이 가득한 커피 전문점에 앉아 현기증을 달래며 마셨던 첫 커피 한 모금의 향기를 나는 잊지 못한다. 세탁할 적 식구들의 옷에서 나던 살 냄새와 갓 태어난 딸애의 말간 손톱들을 잊지 못하고, 귀에 가까이 대면 아직도 째깍째깍 뛰고 있는 선친이 남긴 손목시계 초침 소리와 팔순의 엄마가 담가 준 파김치 속 흰 머리카락 한 올을 잊지 못한다.

바야흐로 만화방창할 이 봄 또한, 머지않아 떨어지는 낙엽 속에서 기억될 것이다. 하인리히 하이네는 청춘을 남겨 주지 말고 청춘의 미덕과 사심 없는 증오와 눈물을 남겨 달라고 기도했다. 이 기도에는 청춘 그 자체보다 뜨겁게 살아낸 청춘의 흔적에 대한 경의와, 원하든 원하지 않든 인간은 누구나 시간의 법칙에 순종해야 한다는 순명(順命)이 담겨 있다. 그리고 또 어느 책에서였던가? 청춘을 떠나보내면서 주인공이 불렀던 노래의 한 소절이 떠오른다. "그리고 태양은, 아직은 아름답게 빛나는구나,/ 하지만 결국에는 질 수밖에 없겠지!" 이 봄날이 완전 소중한 까닭이다.

물론이라는 엄마들

나이 듦의 미학

나이가 들수록 더 행복해지는 사람들의 유쾌한 통찰을 모아 놓은 책을 읽는 중이다. 그 하나. 국회에서 동료 의원이 지퍼가 열렸다고 일러 주자 말년의 처칠은 이렇게 대꾸했다. "괜찮습니다. 죽은 새는 새장 밖으로 나오는 일이 없으니까요." 그 둘. 추운 겨울에 모피 코트를 입고 스케이트를 타고 있던 노부인 앞에 허름한 남자가 나타나 바지를 슬쩍 내리자 일갈했다. "당장 올려요! 감기 걸려서 죽을지도 몰라요!" 나이 든다는 것의 이 편안함!

전 지구적으로 매달 백만 명이 새롭게 예순을 맞이한 단다. 우리도 2000년에 이미 65세 이상의 노인 인구 비율이 전체 인구의 7.2퍼센트를 넘어서 고령화 사회로 접어들었다. 그런데 사람은 태어나면서부터 나이가 들기 시작하거늘, 정작 '나이 듦' 혹은 '늙음'은 언제부터일까? 언제부터 '노인'이 되는 걸까?

쉰 살 이후부터 엄마는 한 달이 멀다고 염색을 했다. 좀체 하얘지지도 빠지지도 않는 튼실한 머리카락을 가진 아버지는 그런 엄마를 타박하며 이렇게 말했다. "그 흰머리 나 좀 주구려." 아버지는 일찍부터 눈썹까지 허연 백발노인을 꿈꾸었다. 지금이야 모두들 조금이라도 더 젊어 보이려는 사람이 대부분이나, 내 아버지처럼 더 늙어 보이려는 사람도 있다.

칠순을 넘긴 어머니는 하루가 멀다고 나들이다. 꽃구경, 단풍 구경, 가족 행사, 노인학교, 소풍, 계 모임 등 그 종류도 다채롭다. 어머니의 이런 나들이를 못마땅해하는 팔순의 아버지는 연일 요 위에 누워 TV와 대화 중이시다. 나이가 들면서 물 새듯 밖으로 퍼지는 사람이 있는가 하면, 고사리순처럼 안으로 말리는 사람도 있다.

정년 퇴임한 노교수는 조교를 잠시 과 사무실 밖으로 나오게 해 용무를 마치고는 선걸음에 돌아간단다. 교수들은 물론 강사, 조교들 모두가 제자들인지라 당신의 방문이 주변을 수고롭게 하지 않도록 하는 배려다. 다른 노교수는 제자들이 마련한 회갑 잔치에 친인척까지 초대하고 축의금도 걷도록 했단다. 나이가 들면서 아랫사람들을 배려하는 사람이 있는가 하면 편의적으로 부리는 사람도 있다.

회갑을 넘긴 한 선배는 승승장구 감투의 가도를 달리는 중인데 가끔 만날 때마다 점점 자기 확신에 가득 차 독선적이고 안하무인이다. 다른 선배는 이런저런 이유로 직장을 그만두고 졸혼에 두문불출 중인데 오랜만에 사람들을 만나면 험담 일색에 느느니 몽니다. 나이에 권력이 더해지면 폭력적이기 쉽고, 나이에 관계마저 잃으면 한쪽으로 치우치기 쉽다.

나도 나이가 들어간다. 전기장판이 수시로 필요하고, 내려가는 계단이 무섭고, 뭔가 보인다고 자꾸 우기고, 평가나 판단에 망설임이 적어지고, 관심 이외의 것에 인색해지곤 한다. 불편한 것들을 점점 더 못 참겠고, 긴장하는 게 싫어 '일부러' 망가지기도 하고, 겁이든 불안이든 근심이든 부끄러움이든 가슴 조이는 것들이 줄어들고, 인과가 무섭기도 우습기도 하다.

매달 예순이 되는 백만 명에게, 나이 든다는 게 하나의 특권일 수는 없는 걸까. 나이가 들면 대체로 가늘어지기 마련인데, 몸은 가늘어져도 마음만은 가늘어지지 않았으면 한다. 나도 "나이가 드는 것에 관해서는 할 말이 없습니다. 나이가 드는 줄도 몰랐고, 내가 나이가 들었다는 사실에 동의하지도 않습니다."라고 말할 수 있었으면 한다.

　물질이나 경제로 환원되지 않는 노인들의 연륜이 아름다움으로 환원되는 사회를 꿈꾸어 보는 아침이다. 호메로스가 서사시를 노래한 것은 나이가 들어 시력을 잃은 후였고, 아이스킬로스가 최고의 비극을 쓴 것도 예순을 넘기고 나서였으며, 소포클레스는 아흔이 다 돼서 최고의 작품을 썼다. 그들처럼은 아니라 해도 '예순을 넘기면 없는 것이나 마찬가지'라는 나이 듦을 생각하는 건 너무 잔인하다. 그러니 예순이 되기 전부터 나이 듦을 준비하자. 준비하는 자에게 '의미 있는' 노년이 펼쳐질 것이니!

삶이 그대를 속일지라도

삶이 그대를 속일지라도 결코 노하거나 슬퍼하지 말라. '뿌시낀'이라는 이름이 붙어 있었던가. 이 문장을 처음 봤던 곳은 내가 자랐던 소읍의 이발소에서였다. 이 문장이 왜 갑자기 생각났는지는 모른다.

"엄마가 머리 자르고 오래요." 막내 오빠를 따라 들어서면 흰 셔츠를 입은 이발소 아저씨는 꼭 오빠부터 잘라 줬다. 잘랐다기보다는 밀었다. 사각사각 바리깡이 지나가고 나면, 논밭의 '나락 끌텅(베고 남은 벼의 뿌리)'처럼 푸르스름한 머릿속이 드러나곤 했다. '땜통'이라고도 하는 머릿속 부스럼이나 흉터 자국이 드러나기도 했다.

궁서체로 쓰인 '뿌시낀'의 문장을 오빠 머리가 점점 푸

168

르스름해지는 동안 읽고 또 읽었다. 이발소의 초록색 비닐 의자, 흰 타일과 세면대, 온갖 이발 도구들, 아버지에게서 났던 포마드 냄새와 라디오 소리, 올긋불긋한 박래품의 장식들……. 도회풍의 그 낯선 것들은 호기심과 멀미를 불러일으켰다. 삶이 그대를 속일지라도 결코 노하거나 슬퍼하지 말라는 문장처럼.

다음이 내 차례다. 앞머리는 눈썹을, 뒷머리는 귀를 경계로 단발로 잘라 주었다. 한 올의 삐침도 용납하지 않겠다는 이발사의 일념은 일사불란한 헤어라인으로 드러났다. 그 '얄짤 없는' 일자 단발은 살짝 드러나는 뒷머리 아랫부분까지도 바리깡으로 깨끗하게 밀어 버림으로써 완성되었다. 그땐 그랬다. 이발비도 아끼고 이(蝨)나 서캐가 슬지 못하도록 남자애들은 빡빡 밀었고 여자애들은 최대한 짧은 단발을 했다.

예닐곱 살의 나는 '삶'이나 '노하거나' 따위의 말뜻을 제대로 알지 못했을 것이다. '삶이 그대를 속인다.'라는 말은 더더구나 수수께끼였다. 그런데도 그 문장은 내게 묘한 울렁임을 주었다. 그 말을 읽고 또 읽노라면 나도 모르게 두 손에 힘이 가고 명치끝에 뜨뜻한 기운이 도는 것도 같았다. 그 문장이 그곳에 그렇게 걸려 있었던 것만으로도 나는 그 뜻을

이해했던 게 분명하다.

　그때나 지금이나, 삶은 너무 많은 사람을 속이고, 그리하여 얼마나 많은 사람이 이 삶에 속고 있는지. 지금 생각하면, 가난하고 척박했던 1970년대 초 소읍의 한 이발소에 걸려 있던 알렉산드르 푸시킨의 문장은 어린 나를 포함해 얼마나 많은 사람에게 막연한 위로와 힘을 주었던 것인지. 삶에 속고 또 속을 사람들에게 얼마나 통속적인 위안과 희망이 되었던 것인지.

　"얘들아, 신발 작아 발 아프다는데 못 사 줘 미안해."라는 유서를 남기고 젊은 엄마가 스스로 목을 맸다는 얼마 전의 기사 때문에 푸시킨의 문장이 떠올랐는지도 모른다. 사업에 실패한 남편과 이혼한 후 식당 일을 하며 일곱 살 다섯 살 두 아들을 키우던 '겨우' 스물일곱 살의 주부였다.

　생활고를 이기지 못해 자살로 생을 마감하는 사람들에 관한 뉴스들을 보고 듣는 게 겁이 나는 즈음이다. 기록 경신이라도 하듯, 자고 나면 폭락과 폭등, 폐업과 파산, 불황과 부도, 위기와 도산, 조정과 실업 기사 들이 뉴스를 도배하고 있다. 광우병에, 멜라민에, 조류인플루엔자는 또 어떤가. 사회 전반에 도청과 감시와 규제와 통제가 옥죄어 오고 있다. 월급봉투 앞에서도, 식탁 앞에서도, 인터넷 앞에서도 불안하기 짝이 없는 날들이다.

이발소에서 봤던 '뿌시낀'의 그 문장은 이렇게 완성된다. "우울한 날들을 견디며 믿으라/ 기쁨의 날이 오리니// 마음은 미래에 사는 것/ 현재는 슬픈 것/ 모든 것은 순간적인 것, 지나가는 것이니/ 그리고 지나가는 것은 훗날 소중하게 되리니." 가장 통속적이고 가장 진부한 것들 속에서 지혜 혹은 진실을 발견할 때가 있다. 어릴 적 이발소에서 맡았던 진한 포마드 냄새가 주는 힘이기도 하다.

팍팍하고 우울한 날들이, 그 팍팍함과 우울을 감내해야할 날들이, 더 길어질지도 모른다는 예감이 든다. 그러나 푸시킨도 말하고 있지 않은가. 기쁨의 날이 올 것이라고. 그러니 속고 또 속더라도 마음은 미래를 살아 볼 일이다. 슬픈 현재란 순간적이라 하지 않는가. 지나가고 지나간다고 하지 않는가.

그러니까, 그때, 그 이발소에서 들었던 "산이라면 넘어 주고 물이라면 건너 주마"라던 그 노래는 백년설의 노래였던가. "얼라면은 얼어 주고 녹으라면 녹아 주마"던, "사는 대로 살아 보"고 "속는 대로 속아 보자"던 그 노랫말이다. 이런 뽕짝과 신파의 힘에라도 의지하고 싶은 즈음이다.

5월은 푸르구나,
은혜와 희생으로!

만우절로 시작되었던 잔인한 4월은 갔다. 총선도, 4·16도, 4·19도, 중간고사도 갔다. 그리고 뭇 꽃들의 만화방창도 갔다. 이제 노동절을 필두로 5월이 시작될 것이다. 이어 어린이날, 어버이날, 석가탄신일, 스승의날, 부부의날 등이 줄지어 기다리고 있다. 5월은 명실상부한 가족의 달이자 가정의 달이다. 이렇게 기념일들이 많다는 건, 기념해야 할 존재나 관계가 많다는 것이고 또 그만큼 현실은 빡빡하고 팍팍하다는 것이기도 하다.

　기념해야 할 대상들이 위로 아래로 옆으로 '수두룩 빽빽'이었던 삼사십 대를 지나 어언 '쉰세대'라는 오십 대가 되었다. 오십 대가 되고 보니 5월은 '오락가락에 오리무중'이

172

다. N포 세대가 된 자녀들과는 더 이상 어린이날의 풋풋한 설렘과 희망을 나눌 수 없고, 애틋하게 감사해야 할 스승과도 소원해졌다. 유명을 달리한 스승들도 많아졌다. 노력보다는 포기가 최선의 해결책임을 눈치챈 부부에게 부부의날은 패스. 문제는 천근만근의 마음에 자리한 어버이날이다.

오십 대들 뒤풀이의 단골 메뉴는 부모님 얘기다. 얼마 전까지만 해도 사춘기 자녀들의 사건·사고와 대학 입시가 대세였으나, 최근에는 부모님 돌봄에서 시작해 쉰세대들의 병 자랑과 웰다잉법으로 끝이 난다. 누가 먼저 누가 무슨 얘기를 해도 대동소이에 역지사지다. 양가 부모님 중 한 분 이상은 독거 중이시거나 이런저런 노환으로 투병 중이시다. 그로 인한 가족들 간의 불화와 불행담은 꼬리를 물곤 한다. 나만의 일이 아니라는 안도와, 너도 그러냐는 연대와, 이러저러할 수 있다는 모색과, 우리도 머지않았다는 근심과, 사는 게 다 그렇지라는 연민으로 점철된 기승전결이다.

백세시대, 고령화, 노인 문제, 경로, 꼰대, 노인충……. 쉰세대들의 마음을 무겁게 하는 키워드들이다. 생명 연장 장치로 연명 중이거나, 치매, 파킨슨, 알츠하이머 등으로 사랑하는 사람도 알아보지 못하거나, 중풍, 뇌졸중, 뇌경색의 후유증으로 병원과 요양병원을 오가며 누워만 있는 모습은

엄마들 물론이라는

이제 집마다 익숙한 풍경이 되었다.

  몇 년 전 나는 「죽음의 완성」이라는 시를 쓴 적이 있다. "백년이나 이백년 후면 이백살까지 산다는데/ 그러니까 백년이나 이백년 후면", "백일흔살된당신아들과갓태어난당신팔대손자사이의/ 이 한없이 길고 한없이 지루한 생을/ 얼마나 오래오래 완성해야 한단 말인가". 백 세를 넘게 살아야 하는 나 자신은 물론 200세를 살아 내야 하는 내 자손들의 암울한 미래를 떠올리며 쓴 시다.

  베이비붐 세대의 막내인 쉰세대야말로 가족이라는 혈연, 가정이라는 공동체에 얽매인 마지막 세대가 될 것이다. 쉰세대인 나도 최근 가족에 관한 시를 몇 편 썼다. 부쩍 기력이 약해진 독거 중인 엄마 걱정, 뇌출혈로 쓰러져 요양병원에 장기 입원 중이신 시어머니 걱정이 앞섰을 것이다. 성인이 되는 자녀들에 대해 보호자로서 감당해 왔던 그동안의 책임감과 피로감과 안도감이, 육 남매를 키워 낸 엄마와 시어머니의 고단함과 고마움과 겹쳤을 것이다.

  우리 현대사 속에서 이런저런 사연들로 이래저래 부재한 아버지의 자리를 온몸으로 메웠던 우리의 엄마들은, 우리가 밟고 지나왔던 '죽지 않는 계단'이었다. "내일은 꼭 하나님의 은혜로/ 엄마의 지혜로 먹을 거랑 입을 거랑 가지고 오마.// 엄만 죽지 않는 계단"(김종삼, 「엄마」)이었다. 우리의 아버지 또한 가족의 '따순' 밥과 잠자리를 구하기 위해 저잣거리를 누비고 다녔던 고달픈 '십 구문 반의 신발'이셨다. "아랫목에 모인/ 아홉 마리의 강아지야/ 강아지 같은 것들아./ 굴욕과 굶주림의 추운 길을 걸어/ 내가 왔다./ 아버지가 왔다.// 아니 십 구문 반의 신발이 왔다."(박목월, 「가정」) 그렇게 굴욕과 굶주림의 추운 길을 걸어온 것이다.

그런 엄마 아버지들이 이제는 "엄마를 잃어버린 지 일주일째다."(신경숙, 「엄마를 부탁해」), "아버지가 집을 나가셨습니다."(나태주, 「우리 아버지를 찾습니다」)라는 대중 서사의 주인공이 되었다.

시간의 속도는 나이에 비례한다고 한다. 쉰 살을 넘기자 쏜살의 속도가 속수무책 엄습해 오는 5월이다. TV에서는 "육십 세에 저세상에서 날 데리러 오거든, 아직은 젊어서 못 간다고 전해라."로 시작하는 「백세인생」이 흘러나온다. 가족이라는 혈연이 새삼 위중하고, 가정이라는 울타리가 새삼 겨운 5월이다.

나도 엄마 있어

아버지는 1926년 병인생 호랑이띠다. 어머니는 아버지보다
여섯 살 연하니 1932년 임신생 원숭이띠다. 원숭이는 호랑
이와 상극이다. 화(火)성에서 온 B형의 아버지는 멀리서 엄
마를 본 후 맘에 들었고, 원숭이와 궁합이 상극이라는 속신
(俗信)에 기대 1928년 무진생 용띠라 속이고 엄마와 결혼에
성공했단다. 헐, 사기 결혼? 금(金)성에서 온 A형의 엄마가
아버지와 한판을 한 후 뒷담화로 들었던 얘기다. 엄마의 뒷
담화에는 부부싸움의 귀책 사유를 아버지에게서 찾으려는
의도가 깔려 있다. 원래 호랑이와 원숭이가 상극인 데다 자
신이 '불에 든 쇠'의 형국이라 이렇게 속이 타는 것이라는 항
변과 함께.

1951년 겨울, 엄마는 당시로서는 만혼에 가까운 스무 살이었고 국군과 인공군이 밤낮을 달리해 오가던 전쟁 중에 결혼했다. 그리고 1964년에 막내인 나를 낳았으니 나는 두 분의 알콩달콩한 신혼을 모른다. 내 기억 속의 두 분은 상극인 호랑이띠와 원숭이띠의 만남 그대로 충돌하곤 했다. 아이가 여섯인데 안 다투는 게 이상한 일이기도 하다.

나로 말할 것 같으면, 태어나 보니 호랑이 같은 아버지 밑으로 열두 살, 열 살, 여덟 살, 두 살짜리 오빠들과 여섯 살짜리 언니가, 각기 다른 눈들을 굴리며 나를 내려다보고 있었다. 내리 아들 셋을 낳고 네 번째로 딸이 생겼는데, 아들 셋 밑의 딸 하나는 외롭고 또 남자아이처럼 자랄 거라는 염려에 딸 하나를 더 원했다. 그러나 또 아들이었다. 한 번 더! 내가 태어난 것으로 끝이 났다. 내 이름 '끝별'에는, 나를 끝으로, 별 '星' 자가 줄줄이 들어간 육 남매의 대미를 장식하겠다는, 두 분의 결연한 의지가 담겨 있었으리라. 어쨌든 엄마는 열두 살부터 한 살까지 줄줄이 여섯의 자식을 건사해야 하는 처지였다. 시어머니나 시동생은 논외로 치더라도 말이다.

센 남자들에 둘러싸여 자란 내 삶의 이력에는 아버지와 오빠들이 중심에 있었다. 현모양처를 기대했던 아버지의 기대와 달리 나는 결혼해 두 아이를 낳고 키우면서도 일을 했다. 그래서인지 삶이 막막하고 밥벌이에 지칠 적이면 아버지를 먼저 떠올렸고 아버지에게 길을 묻곤 했다. 아버지는 어떻게 헤쳐 나갔을까, 아버지는 왜 내게 이 막막한 생존법을 전수해 주지 않았을까.

결혼해 다시 스무 해쯤을 살아 보니 엄마와 언니가 보였다. 엄마는 이미 내 몸에 들어와 있었고 내가 가야 할 길을 보여 주고 터 주고 있었다. 사소한 일상과 살림살이와 관계 맺기를 나는 엄마에게 보고 배웠다. 경우(사리나 도리)가 바른 엄마로부터 사람들에게 크게 욕먹지 않는 법을 배웠고, 엽렵하고 책임감이 강한 엄마로부터 두 아이를 키우고 가족을 지키는 법을 배웠다. 솜씨 좋은 엄마로부터 보고 배워 손끝이 여물다는 소리를 듣고 살게 되었고, 억척스러울 정도로 강인한 엄마로부터 함부로 포기하거나 지지 않는 법을 배웠다.

"검정 땡땡이 한복에 분홍 양산을 들고 화사한 분향기에 쌓여 사뿐히 걸어와"(정끝별, 「십일월 5」) 내 어깨를 으쓱하게 했던 학부모 방문 때의 엄마, "엄마는 키질에 명수/ 엄마와 키와 바람은 한 몸 되어/ 먹을 것 먹지 못할 것/ 쓸 것 쓰지 못할 것들을 가려내곤 했"(정끝별, 「키질하는 바람」)던 살림의 명수였던 엄마, "우리 귀떨어진 날이면 흰 머릿수건을 두른 어머니도/ 젊은 대추나무 한 그루로 서서/ 쌀과 물과 실을 받쳐 들곤 했었는데/ 만군사를거느리게하시고명도삼천갑자동박석이명을태워주시고복도갖은복을주시고앞길환히비춰주시고……/ 두 손 싹싹 빌며 조아리곤 했었"(정끝별,「대추나무 한 그루」)던 조왕신과도 같았던 엄마……. 다 내 시 속에 등장하는 엄마다.

엄마는 손도 크고 손맛도 좋았다. 늘 식구들 먹거리와 입성을 위해 동분서주했다. 그런 엄마의 마음 씀씀이와 손맛 때문인지 집안에는 늘 손님이 끊이지 않았다. 친인척들은 물론이고 심지어 언니 오빠의 친구들까지 먹고 자기 일쑤였다. 엄마의 슬하는 화수분 같았다. 그렇게 엄마는 어언 백 년 가까이 엄마를 완성 중이다. "여자라는 처억 깊은 수평선에/ 우리를 태우고 왔던 백년 묵어가는 배"(정끝별,「백년 묵은 꽃숭어리」)처럼 말이다.

그런 엄마는 여든다섯인데도 꿋꿋하게 혼자 사신다. 집안 살림은 물론 자식들이 좋아하는 온갖 김치며 부꾸미며 찰밥이며 사골국 등을 챙겨 줄 정도로 여전히 정정하시다. 쉰을 넘긴 막내딸의 먹거리와 잦은 병치레를 걱정해 주고, 하루가 멀다 전화를 걸어 시시콜콜 잔소리 중이고, 내가 엄마의 딸인 걸 자랑스러워해 주고, 내가 좋아하는 것들을 기억해 챙겨 놓고는 호출을 하곤 하는, 그런 엄마가 내게도 있다. 심신이 고단할 적에 "나도 엄마 있어."라고 되뇌면 울컥하니 힘을 받곤 한다. 그렇게 내 든든한 뒷심이 되어 주느라 "벌써 속 빈 껍질이라니, 엄마!"(정끝별, 「대추나무 한 그루」)

　"내가 공부를 더 했더라면……." 하는 엄마의 푸념 같은 바람을 들은 적이 있다. 들으면서도, 엄마는 공부를 더 해 어떤 삶을 살고 싶었던 걸까, 생각해 본 적 없다. 그러니 엄마에게 물어본 적도 없다. 엄마는 태어날 때부터 그냥 그렇게 내 엄마 그대로였던 것만 같았기에. 그런데 문득 궁금해졌다. 엄마는 정말 어떤 삶을 살고 싶었을까? 엄마에게 엄마는 어떤 엄마였을까? 내 딸들도 고단한 삶의 고비를 건널 때 "나도 엄마 있어."라는 말을 떠올려 줄까?

　쉰이 넘은 지 오래인 나는 아직껏 엄마에게 간당간당하고 비리비리한 딸이다. 실은 엄마에게만은 여전히 그런 딸이고 싶다. 내겐 늘 "달디단 울 엄마!"(정끝별, 「단팥빵 1」) 엄마가 있었기에.

5장

한눈을
팔다

불행을 맞이하는 태도

시 쓰는 선배는 곧잘 자신의 미래를 예견하곤 했다. 성감별이 불가능한 임신 초기에 두 아이의 성별을 확신했고, 취업을 비롯해 자신에게 닥칠 몇 개의 불행을 스치듯 흘려 말하곤 했다. 그때마다 반신반의하며 물었다. 보름달 아래서 입에 칼을 물고 거울이라도 보는 거예요? 시큰둥하니 선배가 대답했다. 한밤중에 자기 앞에 던져진 문제를 골똘히 생각하다 보면 그냥 보이던데…….

연륜이란 미래를 맞이하는 익숙함에 비례하는 것인지도 모른다. 맞이할 미래 중 나는 불행이 다가오는 기운에 민감하다. 사소한 일들이 겹쳐서 꼬이거나, 알 수 없는 불안감에 멀미를 앓거나, 우울감에 빠져 자포자기하거나, 꿈자리가 산란할 때면 조용히 가라앉아 닥쳐올 수 있는 불행들을 짚어 보곤 한다.

미래의 불행은 과거의 불행을 거울삼아 보면 잘 보인다. 제 스스로 제 안을 비춰 보면 볼수록 더 잘 보인다. 정확도와 집중도의 차이에 따라 다소의 편차는 있으나 이런 되비춤을 반복하다 보면 의외로 주변이 선명해진다. 주변이 선명해질수록 미래의 불행도 더욱 선명해진다.

한 사람이 일생에서 맞이해야 할 사랑이나 행복의 총량이 있다고 믿는 편이다. 당연하게 불행의 총량도 있을 것이다. 그런 의미에서 다가올 불행은 나를 피해 가지 않을 게고, 나도 다가올 불행을 피하지 못할 게다. 피해 가지 않고 피할 수 없으니 불행이다. 그렇다면 나의 화두는 이 불행을 어떻게 맞이하고 보내야 하는가이다. 늙음이나 죽음처럼.

내가 아는 불행은 어지럽고 산만한 것을 좋아한다. 넘치거나 모자라는 것을 좋아한다. 성급하거나 게으른 것을 좋아한다. 그리고 불행은 편벽되거나 무른 것을 좋아한다. 그러니 내가 할 수 있는 일이란 불행이 좋아하는 것들을 줄이는 것!

불행이 직감되는 순간 내 몸은 부지런해진다. 이런저런 이유로 미루어 두었거나 방치한 관계들을 챙기거나 온갖 잡무들을 하나씩 처리한다. 서랍 정리나 대청소는 물론 차마 엄두를 내지 못했던 일들을 꺼내 든다. 서두르지 않고, 마음을 다해, 저 멀리 구석구석까지, 그리고 예견되는 불행을 되새기면서 내 주변과 내 마음에 자리를 만들어 놓는다. 비어 있는 곳으로 조용히 들어왔다 다른 것들과 뒤엉키지 말고 잠시만 머물렀다 가시라고.

불행을 피해 가기 위해서가 아니라 맞이하기 위해 준비하는 동안, 내 안팎을 정리하고 덜어 내고 채우고 되새기는 동안, 나의 유일한 해결사인 시간은 많은 것들을 해결해 준다. 불행을 견뎌 낼 수 있는 내성(耐性)이 생겨나고 불행이 일용할 양식들도 조금씩 거두어진다. 그러다 보면 불행의 예감이든 불행 그 자체이든 지나가고 지나가기 마련이다.

피할 수 없는 불행이여, 그리고 대체로 불현듯 닥쳐오는 미래의 불행이여, 부디 단출하게 혼자서만 오시라. 조용히 오셨다, 잠시만 머무르시라. 조금만 헤집고 가볍게 떠나 주시라!

새들이 새 획을 그으며
나는 이유

일진(一陣)의 집결 장소는 초여름의 광화문 광장이었다. 앙리 까르띠에-브레송 세계 순회 회고전 관람이 목적이었다. 브레송이 포착한 '결정적 순간'들에는 군더더기와 설명이 없다, 절제된 침묵 속에 인간에 대한 따뜻한 사랑이 숨겨져 있다, 천 개의 얼굴을 가진 빛의 음역이 선사하는 흑백사진의 깊이 그 자체다, 우연한 한 컷의 셔터가 운명적인 영원을 꿰뚫고 있다……. 감각과 상상을 한껏 열어젖혔던 일진들의 수다한 감상평들이다. 우리의 관람은 유쾌했고 충만했고 즐거웠다.

　"사진작가들에게 있어, 한번 가 버린 것은 영원히 가 버린 것이다. 바로 이러한 사실에서 우리 작업의 고충과 위력이 비롯된다. 우리의 작업은 현실을 감지하여 거의 동시에 그것을 카메라라는 우리의 스케치북에 담는 일이다." 이렇게 말했던 브레송의 한 컷 한 컷은 그 자체로 시였고 사랑이었고 삶이었다.

이진(二陣)과의 합류를 위해 식당으로 이동하는 길목에 위치한 충무로 대한극장에서는 아직도 「건축학 개론」(2012)을 상영하고 있었다. 수다는 자연스럽게 영화로 넘어갔고 식당에 도착해서도 계속되었다. 겉절이를 집다 말고 사십 대 남자 후배는 가슴을 부여잡고 말했다. "너무 좋아요. 그 영화엔 사랑도 뭐도 없어요. 찌질하고 찌질했던 내 스무 살의 흔적들 그 자체예요." 그러자 오십 대 남자 선배가 씹던 삼합을 얼른 삼키고는 말했다. "「클래식」(2003) 봤어? 그걸 먼저 봐야 해!" 좌중은 자연스럽게 '건축학 개론'파와 '클래식'파로 나뉘었다. 아쉽게도 두 편을 다 본 사람은 그 자리에 없었다. 나로 말할 것 같으면 두 편 다 못 본 사람이었다!

'건축학 개론'파는 얘기했다. 순댓국집 외아들 이제훈이 입은 셔츠가 GEUSS였어, 그 많던 NICE, PRO-SPORTS, ADIDOS 들은 다 어디로 갔냐고? 그리고 전람회의 「기억의 습작」, 삐삐, 시디플레이어, 하나의 이어폰으로 같이 듣기, 무스와 올백 머리. 그리고 정릉 자취방, 신촌·수색·능곡·일

산의 기차역들, "첫사랑이 잘되면 그게 첫사랑이야? 끝 사랑이지."라며 우리 곁을 지켜 주었던 숱한 '납뜩이'들……. 쿨한 척하면서도 한없이 신파적이었던, 망설임과 떨림에 파묻혀 버렸던 첫사랑의 고백, 그게 나였어요! 영화를 보면서 내 첫사랑이 아니라 나는 누군가의 첫사랑이었을까가 궁금했어요!

'클래식'파의 맞짱은 이러했다. "우연히, 우연히, 우연히…… 그러나…… 반드시"가 포스터 광고 문구였는데, 멜로의 정석이 '세 번의 우연은 필연'이라는 거 알지? 그래, 작업의 정석은 '우연을 세 번 만들라, 필연으로!'였어. 시각장애인이 된 조승우가 손예진과 재회하는 장면이 압권이었어요. 그렇지, 조승우가 이렇게 말하잖아. "거의 완벽했는데, 어젯밤에 와서 연습했거든, 속일 수 있을 거라 생각했는데……." 사랑하는 사람을 아름답게 보내 주기 위해 자신의 비극을 숨기는 배려, 이게 또 멜로의 정수야, 정수! 정수는 날 짝사랑했던 남자애 이름이었어요, 윗옷을 함께 쓰고 빗속을 달리는 거, 우리도 많이 해 봤잖아요? 또 있어, 비틀즈, 사교댄스 교습장을 순식간에 고고장으로 만들어 버린 「Hippy Hippy Shake」는 한 시대의 정신을 담고 있어. 조승우를 시각장애인으로 만든 월남 참전 문제를 놓치면 안

돼! 죽음을 넘어서는 사랑, 그리고 다른 몸으로 환생하는 사랑, 그거 멜로의 로망이죠. 엄마의 첫사랑 연애편지를 보며 이렇게 말하잖아요. "에이, 유치해, 아니야, 클래식하다고 해주지." 그러고는 그 연애편지 주인의 아들과 다시 첫사랑에 빠지잖아요, 똑같이!

실패한 첫사랑을 영원한 사랑의 아이콘으로 만든 이는 단테였다. 아홉 살의 단테는 빨간 드레스를 입은 여덟 살의 베아트리체를 본 순간 자신의 '비아티튜드'(beatitude, 더할 나위 없는 행복)임을 직감했다. 그리고 열여덟 살의 단테가 지나가는 열일곱 살의 베아트리체를 거리에서 스치듯 본 게 두 번째 만남이었다. 한 여자와 단 두 번의 스치듯 우연한 만남, 첫눈에 반했으나 함께할 수 없었던 첫사랑, 열일곱 살에 영원히 떠나 버림으로써 끝 사랑이 된 베아트리체라는 여덟 살 첫사랑을 단테는 『신곡(神曲)』 안에 불멸의 사랑으로 담아냈다. 단테를 천국으로 인도한 전령사가 바로 그녀, 베아트리체였다.

첫사랑의 인도로 천국에 간 단테가 될 수는 없었지만, 첫사랑 영화의 인도로 우리는 내내 새들처럼 즐거웠다. 폭력, 자살, 등록금, 취업, 파업, 해고, 유로존 위기, 부채, 종북, 탈북, 대통령 사저, 민간인 사찰, 대권 후보, 인육 따위는 한 마디도 안 나왔다. 그날 우리는 이미 일상에 너무 많이 지쳐 있었던 거다. 새들이 가볍게 나는 이유는 머리가 '새대가리'고, 가슴이 '새가슴'이라서인지도 모른다. 그래서 매번 새들은 텅 빈 허공을 '새 획'을 그리며 날 수 있는 것인지도 모른다.

우리도 그날만은, 각자의 베아트리체가 우리 모두를 천국으로 인도해 주기를 꿈꾸며 새처럼 날아 보고 싶었는지도 모른다. 생의 '결정적 순간'들을 가슴 속 뷰파인더로 담아내고, '클래식'한 것들에 충실한 '사랑학 개론'을 다시 들으며, 잠시, 잠시만이라도, 이 난폭하고 무도한 현실들을 잊고 싶었던 건지도 모른다. 초여름의 크리스마스처럼!

버려지는 마음에게도 예의를

한 시인에게 들은 얘기다. 아파트 분리수거 코너에 책들이 쌓여 있었단다. 너나를 막론하고 글쟁이들이란 책을 보면 무심히 지나지 못하는 법. 제법 볼 만한 책들이 눈에 띄어 아예 주저앉아 책을 고르기 시작했다. 한데 대부분의 책 속표지 첫 장에 '○○○님 혜존'이라는 저자 증정 친필 서명이 적혀 있었는데, 그 '○○○님'은 유명한 소설가였고 증정한 저자들도 모두 알 만한 이름들이었다고 했다. 그러나 그 유명 소설가는 낙향한 지 오래. 그러니 낙향하면서 이웃에게 주었던 책들인 듯했다고. 그 책들은 이제, 증정 저자나 유명 소설가 이름까지도 유효성을 다해 버려진 것일 게다. 어쩐지 민망해 사인이 된 책들을 따로 골라 속표지 첫 장들만 곱게 찢어서 들고 왔다고 했다.

얘기로만 듣던 일이 내게도 일어났다. 대학원 첫 수업이 끝난 직후였다. 새로 입학한 나이 든 제자가, 특이한 내 이름과 글씨체를 오래전에 본 적이 있다며 인사를 건네 왔다. 몇 해 전, 헌책방을 기웃거리다 내 시집을 보게 되었는데 그 책 첫 장에 '드림'이라는 글자 앞에 내 이름이 적혀 있었다고 했다. 신기하고 뜻밖이기도 해 기념으로 샀다고 했다. 잠깐 당황했으나 누구에게 드렸던 것인지는 굳이 묻지는 않았다.

대학 도서관에서 책을 빌려 볼 때면 첫 장에 '○○○ 기증 도서'라는 스탬프가 찍힌 책들을 만날 때가 있다. 그중에는 누구에게 드린다는 저자의 친필 서명이 적혀 있기도 했다. 그럴 때마다 저자의 친필을 볼 수 있고, 저자와의 관계를 엿볼 수 있어서 흥미로웠다. 게다가 대학 도서관에 비치되었으니 저자에게도 의미 있는 일일 것이다.

가치 있는 친필 사인들도 많다. 홍대 앞 모 노래방에 가면 연예인들 사인이 비싼 액자에 담겨 하얀 벽에 빽빽하게 걸려 있다. 마치 명화들처럼. 액자에 담긴 친필 사인들은 유명 맛집의 벽에서도 흔히 볼 수 있다. 연예인에는 못 미치지만, 유명 작가 팬 사인회에는 독자들이 줄지어 서기도 한다.

유명 저자의 증정 친필 사인은 때로 희귀본이 되기도 하여 문학관이나 기념관에 전시되기도 한다. 또한 국가를, 단체를, 개인을 대표해 무언가를 약정하고 약속하는 친필 사인도 가치가 높다. 그 국가가, 그 단체가, 그 개인이 힘이 세고 유명하다면 더욱 의미 있고 소장 가치 또한 높을 것이다.

문제는 대부분의 저자들이 증정한 친필 사인본 책들이나, 소장 가치가 적어서 도서관 혹은 기념관에 기증할 수 없는 책들이다. 그런 책들의 9할이 분리수거장에, 나머지 1할 정도가 헌책방을 떠돌고 있을 것이다. 물론 저자 사인이 들어 있다는 이유만으로 그 책들을 모두 껴안고 있을 수는 없다. 필요한 사람들이 있다면 그들에게 주는 것이 바람직할 것이나, 그렇지 않을 때는 버릴 수밖에 없다. 그러나, 그때, 잠깐만 헤아려 봐야 하지 않을까. 친필 사인에 담아 보냈던 마음을. 그리고 보낸 이가 유명하지 않은 저자일수록 더욱 잘 갈무리해서 버려야 하지 않을까.

받은 이에게는 그다지 소용에 닿지 않았던 마음, 수많은 이들 중 하나에 불과했던 마음, 잠시 머물렀으나 잊힌 마음, 단지 스쳐 지나가는 마음, 더는 소장할 수 없는 이런저런 마음을 떠나보내는 데도 예의는 있어야 하지 않을까. 최소한 친필 사인이 적힌 첫 장이라도 떼고 폐기 처분하는 예의 말이다. 버려진 책들 앞에 쭈그려 앉아 친필 사인 첫 장을 일일이 떼어 왔다는 한 시인의 얘기를 듣고 얼굴이 화끈거렸던 건 나였다. 내가 받았던 저자 사인이 적힌 책들의 안부를 생각하니 더욱. 내가 사인해서 보낸 책들의 행방을 생각하니 더더욱.

일만 시간의 사랑과
일만 가지의 사랑

대학 캠퍼스에서 봄의 전령은 뭐니 뭐니 해도 신입생들이다. 그들이 개화하는 속도는 노란 개나리나 분홍 진달래보다 더 빠르다. 팔팔한 청춘, 풋풋한 청춘, 그러기에 정녕 청춘 그 이름만으로도 가슴 설레게 한다. 그들을 보며 봄이 오는구나, 바야흐로 꽃이 피겠구나, 감지하곤 한다.

　이 청춘들을 맞이하는 신입생 오리엔테이션 자리였다. 대학 생활을 위한 덕담 한마디를 할 차례가 되었을 때, 전광석화처럼 '일만 시간의 사랑'이라는 말이 튀어나왔다. 얼마 전에 읽은 『아웃라이어』라는 책 덕분이었다. '아웃라이어'(라 쓰고 '천재'라 읽는)의 필수 조건인 창의성이나 창조성조차도 혹독한 훈련 끝에 얻어지는 것이고, 어떤 분야든 숙

달된 전문가가 되기 위해서는 하루 세 시간씩 10년의 노력이 필요하다는 주장이었다. 이른바 '일만 시간의 법칙'!

우리 생에서 가장 중요한 한 가지만 꼽으라면 아무래도 사랑을 꼽을 수밖에 없다. 사랑이야말로 우리 삶을 살게 하는 원동력이다. 그 누구인가 혹은 그 무엇인가를 일만 시간 사랑할 수 있다면 그 사랑은 어딘가에 다다를 수 있다. 나는 그 '일만 시간'을 '미치는 시간'이라고 부르고 싶다. 일만 시간을 온전히 미칠(狂) 수 있다면 미치고(及) 싶은 곳에 이를 것이다. 불광불급(不狂不及), 미치지 않으면 미치지 못한다 했거니, 새내기 청춘들이여, 미치고 싶거든 미쳐라, 미치면 미칠 것이다!

덕담에 임하는 스스로의 임기응변에 안도(!)하며 집으로 가는 차 안에서였다. 갑자기 '일만 사람의, 일만 시간이, 단 하나의 대상에 향해 있다면? 혹은 일만 시간의 사랑이 단 하나의 방법뿐이라면?' 하는 데 생각이 미쳤다.

집에 들어서자 초등학교 5학년 딸애가 재잘거리기 시작했다. 수학학원으로 TV 방송국에서 촬영을 나왔다는 거였다. 요점인즉슨, 수업 중에 리포터가 들어와 일제고사에 대한 의견을 물었는데, 딸애만 빼고 나머지 열댓 명 모두가 일제고사를 찬성하는 데에 손을 들었다는 것이다. 딸애의 반대 이유가 궁금했다. 아이의 대답은 간단했다. 가장 큰 이유는 시험이 싫다는 거였다. 그리고 시험으로 학생들을 평가해 공부를 잘하는 학생과 못하는 학생으로 나누는 것도 싫다고 했다.

딸애의 반대 이유에, 또 며칠 전에 보았던 시사만화가 겹쳐졌다. "닌텐도 게임기 같은 것을 개발해 볼 수 없겠나?" 라는 대통령 말씀과, "일제고사 실시해!"라는 교육부 말씀을 나란히 병치시켜 놓고 있었다. 그 만화에는 '이런 교육 풍토, 교육 정책 속에서?'라는 냉소적인 물음이 담겨 있었다.

일찍이 서태지는 「교실 이데아」(1995)에서 이렇게 노래했다. "매일 아침 7시 30분까지 우릴 조그만 교실로 몰아넣고 전국 구백만 아이들의 머릿속에 모두 똑같은 것만 집어넣고 있어"라고. 서태지와 아이들은 이구동성 이렇게 외쳤다. "됐어(됐어) 이젠 됐어(됐어)", "족해(족해) 이젠 족해(족해)"!

우리가 시험 성적 하나에만 미친다면, 그것도 하나같이 고등수학과 토플·텝스·토익 따위에만 미치도록 아이들을 몰아넣는다면, 그리하여 모든 교실을 일제고사장으로 몰아간다면, 우리의 미래는 정말 미쳐 있지 않을까? 그제야 새내기 청춘들에게 덧붙여서 해 줬어야 했던 한 문장이 떠올랐다.

고액 연봉 하나에만 미칠 것이 아니라 일만 시간을 사랑할 수 있는 '각각의' 대상과 방법을 찾으라고!

일만 명의 사람이, 일만 시간의 사랑이, 일만 가지의 방법으로, 일만 가지의 대상에 미칠 수 있을 때 그 사랑은 정녕 봄날의 정령처럼, 일만의 꽃들처럼 만발할 것이다. 일만 명의 사람이 빠져 있는 일만 시간의 사랑이, 단 하나의 방법으로 단 하나의 대상에 미쳐 있는 현실은 생각만으로도 끔찍하다. 그러니 제발 우리 아이들을, 그리고 청춘들을 좀 내버려둬 주시렵니까? 그리고 좀 기다려 주시렵니까?

선물에서 뇌물까지

5월 초쯤 아이들 담임 선생님을 방문했다. 개학하고 두 달 정도면 아이에 대해 파악했을 시기이고, 무엇보다 스승의 날이 가까이 있어 일거양득이겠다는 속마음에서다. 면담을 끝내고, 준비해 간 간단한 쿠키 상자와 편안하게 읽을 수 있는 책 두 권을 살짝 내려놓고 오려는데 선생님이 정색하며 거절하셨다. 이게 무슨 뇌물이라고 뒤통수가 부끄러워 은근한 심사가 일렁이기도 했으나, 그래도 뒷맛은 사이다였다. 담임 선생님에게 더 신뢰가 갔다고나 할까.

그즈음이었다. 한 학기 동안 수업도 안 듣고 연락도 없던 불성실한 학생이 기말고사 기간이 다가오자 구구절절과 사정사정을 담은 장문의 메일을 보내더니 잠깐만 찾아오겠다 했다. 그리고 찾아와서는 선물임이 분명한 종이 가방을 건넸다. 순간 화가 목젖까지 치밀어 올랐으나, 정말로 피치 못했던 사정과 그에 죄송해하는 마음이 담겨 있을지도 모르고 또 종이 가방 안의 내용물이 뭔지 모르겠고 게다가 혼냄이 자칫 상처를 주게 될까 싶기도 해서 한 호흡을 삼킨 후 차분하고 부드럽게 부적절한 선물임을 짚어 주고는 돌려보냈다. 이런 상황에서 선물은 오해받기에 십상이라고, 선물은 때와 대상을 잘 가려야 한다고.

　여기서 잠깐, 그런데 선물과 뇌물의 차이는 뭘까? 내가 하면 선물, 남이 하면 뇌물은 아닐 것이다. 간단하게는 이렇게 구분된다. 공통점은 이용 가치의 여부이고, 차이점은 대가성 여부라고. 맞는 말일까? 세부적으로는 선물에 들인 돈의 액수, 받는 사람이 느끼는 부담감의 정도, 환금성 여부, 일정한 직무나 지위 관계의 여부, 주는 사람의 마음 여하에 따라서도 구별될 수 있다지만 실제로는 그 경계가 모호한 경우가 많다.

　뇌물의 사전적 정의는 일정한 직무를 맡은 자의 직위를 사사로운 일에 이용하기 위하여 넌지시 주는 부정한 돈이나 물건이다. 반면 선물은 사랑, 고마움, 예의 등의 표시로 주는 것이다. 뭘 바라고 주는 것은 뇌물이고 순수한 마음으로 주는 게 선물이다. 대체로 윗사람이 아랫사람에게 베푸는 건 선물일 때가 많고, 아랫사람이 윗사람에게 바칠 때 뇌물이 되기에 십상이다. 사후에 주면 선물이고, 사전에 주면 뇌물일 때가 많다. 주는 사람이 주면서 설레면 선물이고, 주면서 아깝다는 생각이 들면 뇌물이다. 그러나 귀에 걸면 귀걸이, 코에 걸면 코걸이!

내가 아는 한, 선물이란 받는 사람이 기쁘게 받을 준비가 되었을 때만 선물이다. 스스로가 받을 만하다고, 한번쯤은 기대도 했음 직한, 그런 마음의 확인이어야 한다. 서로 확인된 마음이라면 앙탈을 해서 받는 선물조차도, 주는 사람이나 받는 사람이나 즐거울 수 있다. 혈연이나 가족, 가까운 친지, 사랑하는 사람들 간의 선물이 고맙고 기쁜 이유다. 반면 받는 사람이 무엇에 대한 대가의 느낌이 든다거나 받기에 부담스럽다면 그것은 선물의 의미를 넘어선다.

고마운 마음을 선물로 표현하거나 대신하는 것은, 그 마음을 오랫동안 가슴에 새기며 살아가는 것보다 쉬운 일임이 분명하다. 그러므로 마음을 담은 따뜻한 전화 한 통이라든가 정성스러운 편지나 메일 한 통이 번거로워, 마음에 오래 간직해야 할 고마움의 무게와 응답이 번거로워 선물로 '때우'려 하는 것은 아닌지 생각해 볼 일이다. 즉답과도 같은 선물이 때로는 고마움 혹은 감사의 마음을 선물로 때우겠다는 의미로 읽힐 때도 있기 때문이다.

추석을 앞두고 추석 선물 세트 광고들이 화려하다. 굴비 상자 밑에 깔린 2억 원 덕분에 기업들은 잇달아 선물 금지령 혹은 경계령을 내리고 있다. 명절을 앞두고, 선물일까 뇌물일까를 가리는 마음이 심란하다. 오죽하면 김영란법이 생겼겠는가? 안 주고 안 받았으면 속 편할 것 같은데, 주고받는 것이 관례화되고 고마움을 표현하는 가장 손쉬운 방법이 선물이기도 한지라 어쨌든 명절 때가 되면 이래저래 심란하다. 주는 마음도 편치 않고 받는 마음은 더더욱 편치 않다. 주는 마음의 경계가 불분명하다면, 물론 안 주고 안 받는 게 상책이다. 뇌물에 기우는 느낌이라면 더더욱!

예수와 홍인의 스승됨

인터넷에서는 '여고생 폭행 동영상' 클릭 수가 폭발적이었다. 동영상 사건의 전말은 이랬다. 수업 시간에 5분 늦은 것이 발단되어, 교사는 학생의 뺨과 귀와 등짝을 때리다 머리채를 휘어잡았고 급기야 빗자루를 동원해 팔에 시퍼렇게 멍이 들도록 때리는 지경까지 이르렀다. 교사는 학생이 맞을 짓을 했기 때문에 정당한 '체벌'이라고 주장하고, 학부모는 부당한 '폭행'이라며 서울시교육청에 진정서를 제출했다.

심심찮게 벌어지는 일이다. 고백건대 나도, 아이와 학생이 간혹 '맞을 짓'을 할 때도 있다고 생각한 적 있다. '라떼'는 정말, 정도의 차이가 있었을 뿐, 집과 학교는 물론 사회 전체가 폭력의 다반사였다. 부끄러운 고백이지만, 나도 아이를 체벌한 적 있다. 아이에게 매를 들었을 때, 그때의 내 판단으로는 아이와 말로 소통할 수 없었을 때였고 아이의 좋지 않은 행동을 그 즉시 알리고 고치기 위한 최후의 처방이라고 생각했다.

그러나 최근 한 선배로부터, 어떠한 이유에서든 한 인간이 한 인간의 몸에 물리적인 힘을 행사하는 것은 폭력이라는 말을 들었을 때 아이에게 매를 들었던 내 행동이 떠올라 한없이 부끄러웠다. 평소 그 선배의 말과 글과 삶을 좋아했기에 더욱! 이번 여고생 폭행 사건의 전모를 보면서 그때의 부끄러움이 되살아났다. 그리고 예수 그리스도와 선종(禪宗)의 제5조 홍인(弘忍)이 떠올랐다.

예수가 십자가에 못 박히시기 전날 밤이었다. 제자들과의 마지막 식사 자리에서 '겉옷을 벗고 수건을 가져다가 허리에 두르시고' 대야에 물을 담아 손수 제자들의 발을 씻기셨다. 무릎을 꿇고 고개를 숙이신 자세였다. 스승 예수는 말했다. "내가 주 또는 선생이 되어 너희 발을 씻겼으니 너희도 서로 발을 씻기는 것이 옳으니라. 내가 너희에게 행한 것 같이 너희도 행하게 하려 하여 본을 보였노라."(「요한복음」 13장 14~15절)

늙은 스승 홍인은 자신의 의발(衣鉢)을 젊은 육조 혜능

204

에게 전수했다. 그리고 다른 제자들의 질투로 혜능이 해를 입게 될까 봐 한밤중에 손수 노를 잡고 배를 저어 양쯔강을 건너게 해 주었다. 혜능은 자신이 노를 젓고 스승이 앉아야 한다고 했다. 그러나 스승 홍인은 말했다. "널 건너게 해 주는 것이 내 일이니라." 혜능은 응답했다. "스스로를 건너게 해 줄 자는 저 자신입니다." 늙은 스승은 제자의 깨달음에 즐거움을 감추지 못했다.

스승이 자신의 역할을, 제자의 가장 더러운 부분을 고개 숙여 손수 씻어 주며 본을 보이는 일이라고 생각했을 때 제자의 잘못에 쉽사리 분노하지 않을 것이다. 스승이 자신의 역할을, 제자들을 강 건너로 데려다주는 사공에 불과하다고 생각했을 때 쉽사리 매를 들지는 못할 것이다.

부모의 역할이 이와 다르지 않을 것이며, 윗사람됨과 어른됨이 이와 다르지 않을 것이다. 그러니 폭행에 가까운 사랑의 매란 어불성설일 수밖에. 폭행한 교사에게 전하는 말이다. 응당한 처벌은 물론이고 교사 스스로 뼈아프게 반성하고 사과해야 한다고. 나 또한 체벌한 것에 대해 아이에게 사과할 것이다.

삼팔광땡 보듯 추석달을 보며

여름 끝에서 폭우가 잦고 태풍이 드셌다. 좀체 오지 않을 것
만 같던 가을이 오고 있다. 올 추석은 이른 추석이라지만 바
람은 그래도 추석 바람이다. 익은 벼를 구수하게 맛 들인 햅
쌀 바람, 시큼한 사과를 달콤하게 맛 들인 햇사과 바람, 푸른
대추를 붉게 맛 들인 햇대추 바람, 홀쭉한 명태 속살을 두툼
하게 맛 들인 살뜰한 명태 바람……. 이 가을을 가을이게 하
는 가을바람들이다. 가을가을한 첫 바람들을 거두어 추석맞
이를 한다.

추석맞이 바람이 어디 이렇게 영글기만 할 것인가. 무
덤가에 연한 흙냄새를 몰고 오는 아버지 바람, 부쩍 뒷덜미
가 뻐근하다는 남편 바람, 전립선과 관절을 앓고 계시는 시

부모님 바람, 사업이 어려워 힘든 시기를 보내고 있는 언니 바람, 오랜 투병을 끝내고 회복 중인 아주버님 바람……. 바람 잘 날 없는 날들을 견디느라 스스로가 찬바람이 된 일가친척 바람들도 추석을 맞이한다.

이른 추석이라는데도 올해의 추석 바람은 유난히 맵차다. 물가(物價)가 비상이니 인가(人家)도 적막이다. 며칠 전 밤늦게 큰형님에게서 전화가 왔다. "응, 동서! 이번 추석에는 추석날 아침에 일찍 오라고, 내가 취직을 했는데 전날 늦게까지 일을 해야 해서……." 명절 전날이면 늘 큰아주버님 댁에 모여 음식을 준비하고 이튿날 아침 차례까지를 지내고 오곤 했다. 큰아주버님이 명퇴했다는 소식을 들은 지 얼마되지 않았다.

사정은 친정도 여의치 않다. 아버지가 돌아가시고 형편이 많이 달라졌다. 추석 전날은 각자의 집에서 쉬고 추석날 일찍 아버지 산소에 모여 성묘와 차례를 같이하기로 했다. 아버지가 돌아가시니 그 흥성하던 명절이 완연히 적막해진 느낌이다.

주위를 둘러봐도 시린 바람들이 많다. 후배는 큰 수술을 했고 선배는 이혼을 했다. 친구는 허리 디스크에 이어 불면증을 호소하고, 또 다른 선배는 쓰러지신 어머님 병간호에 입술이 부르텄다. 연이은 취업 실패로 우울증 약을 먹고 있는 후배 바람도, 자살하겠다고 감기약 봉지를 들고 소동을 벌였다는 동료 바람도, 동호대교에서 핸드폰과 안경을 두고 뛰어내려 버린 제자 바람도 모질었다.

그런 바람들을 오랜만에 한자리에 불러들이는 큰바람이 추석맞이 바람이다. 흩어져 있던 바람들이 제 난 곳으로 모여들어 지지고 볶고, 삶고 찌고, 무치고 데치고, 빚고 깎으며 온갖 냄새들을 피워 내는 날이 추석이다. 명절이란 그렇게 피붙이 바람들이 모여 서로의 가슴에 뚫린 구멍들을 들여다보면서, 때로는 더 후벼 놓기도 하지만 그래도 단단하게 딱지가 앉게 하고 또 조금씩 아물게 하라고 사나흘을 쉬는 것이다.

그러기에 추석 바람(風)은 추석 바람(願)이다. 조금씩 서운하고 조금씩 아프게도 하지만 그래도 다시 한 패가 될 훈훈한 바람이었으면 한다. 서로의 처진 어깨를 다독여 주고 꺾인 무릎을 일으켜 주는 그런 추석이었으면 한다. 저 환하디환한 한가위 달빛이 늘 우리 편이라 믿는 추석(秋夕), 그러라고 한가위 저녁 달빛이 이리 둥글고 환한 거다.

가슴 파인 바람들이 모여 서로의 무릎을 맞대고 앉아 대춧빛 뺨이 되어 "못 먹어도 고우!"를 외치듯, 삼팔광땡에

뜬 둥근 명월처럼 흥성한 달을 맞이하시길. 그리하여 살구 꽃 본 듯, 팔공산에 휘영청 뜬 저 탐스러운 달빛으로 서로의 뚫린 가슴을 채워 주시길. 서로를 보고 또 보면서!

12월이다!

12월이라는 말에 "그러게!" 하며 분주해진다면 그는 현실적으로 무언가를 도모하거나 모색 중인 사람일 것이다. "벌써?" 하며 초조해지거나 우울해진다면 올 한 해가 미진했거나 정신없이 바빴다는 증거다. "와우!" 하며 설레거나 들뜬다면 그는 철이 없거나 아직 꿈꾸는 사람임에 틀림없다. 당신은 어떤가? 나는 늘 "와우!"를 외치고 싶다.

　"와우!"를 외치는 내 마음의 7할에는 첫눈이 있다. 일찍이 예세닌은 "나는 첫눈 속을 거닌다,/ 마음은 생기 넘치는 은방울꽃들로 가득 차 있다./ 저녁이 나의 길 위에서/ 푸른 촛불처럼 별에 불을 붙였다."라고 노래했다. '첫눈' 속을 걷노라면 가슴 속에 '은방울꽃들'이 가득 찬다는 그 느낌, 우리가 다 알고 있는 느낌이다. 어두워지는 하늘에 '푸른 촛불'처럼 '별'들이 하나둘씩 돋아난다면 더욱 그러하다는 것도.

그러니 누군들 첫눈을 기다리지 않을까. 누군가는 첫눈 오는 날에 모든 걸 걸며 어떤 이름을 기다리기도 하고, 누군가는 첫눈이 쌓인 백지의 마당에 새벽 발자국을 내며 집을 나서기도 한다. 그렇게 기다리는 사람에게 첫눈은 더더욱 저녁 "별에 불을 붙이듯" 온다.

흰 눈 위에서 먹던 동지팥죽이 있어서 12월은 달콤하다. 언니 오빠와 무릎을 맞대고 앉아 동글동글 빚었던 새알심의 촉감과 폭폭폭 뜨겁게 끓어오르는 다디단 팥죽 냄새는 엄마의 촉감이자 물씬한 냄새였다. 흰 눈 속의 팥죽은 유난히도 검붉었다. 겨울이면 검붉은 단팥이 듬뿍 든 새하얀 호빵이 생각나는 건 12월의 동지팥죽 때문이리라.

12월이면 김장이 있는 풍경을 빼놓을 수 없다. 우리의 김치와 김장 문화가 유네스코 인류무형문화유산에 등록되었다고 한다. 어느 해였던가, 대식구였던 터라 배추 200통을 김장했던 적도 있다. 거기에 동치미, 총각김치, 갓김치, 파김치, 고들빼기김치 등속까지 합치면 사람을 사거나 품앗이를 해도 일주일 이상은 김장 준비로 집안이 분주했다. 그 일주일 내내 집 안 가득했던 알싸하고 매콤한 양념 냄새들!

항아리들에 갖가지 김치들이 담기면 엄마는 '이제 다 이루었도다!' 하는 넉넉한 표정으로 한 해를 마감하셨다.

그리고 크리스마스 불빛과 구세군 자선냄비와 제야의 종소리는 12월의 트라이앵글이자 하이라이트다. 딸랑딸랑 울리는 구세군 냄비 곁에서 울려 퍼졌던 크리스마스 캐럴은 또 한 해를 마무리하는 마음을 채근하기도 또 위로하기도 했다. 그리고 "십 구 팔 칠……" 새해를 알리는 깊고 넓은 타종 소리 속에서 서로에게 "Happy New Year!"를 건넨다. 그리고 새해 소망과 덕담도 함께.

분주한 마음이든 초조한 마음이든, 아쉬운 마음이든 설레는 마음이든, 감사의 마음이든 기도의 마음이든, 그런 12월의 풍경 앞에서 우리는 문득 두 손을 모으게 된다. 겨울이 오면 봄 또한 멀지 않다는 걸 기억하는 우리의 몸이 따뜻한 것들을 꿈꾸고 기다리고 준비하는, 겨울의 시작이기 때문일 것이다. 아직 겨울의 시작이기에 설레는 12월이다!

노래하자 파람파팜팜

크리스마스가 또 돌아왔다. 마음은 크리스마스인데 몸은 크레바스 같은 게 이번 크리스마스는 유난히 썰렁하다. 계속되는 한파와 전력난 때문만은 아닐 것이다. 대선이라는 화려한 청사진들의 장사진도 현수막과 함께 걷히고 이제 다시 우리에게 남은 건 위태롭고 불안한 위기의 현실이다. 이념은 맹신이 되어 가고 계층은 계급이 되어 간다. 지역은 장벽이고 세대는 시한폭탄 직전이다. 높아지는 물가 지수, 부채 지수, 실업 지수, 우울 지수와 비례해 우리는 하루하루가 가파르게 학원 기계, 알바 기계, 구직 기계, 직장인 기계가 되어 가고 있으니.

"내용 없는 아름다움처럼// 가난한 아이에게 온/ 서양 나라에서 온/ 아름다운 크리스마스카드처럼// 어린 양(羊)들의 등성이에 반짝이는/ 진눈깨비처럼"(김종삼, 「북치는 소년」) 크리스마스가 되면 어김없이 떠오르는 시다. 이 시가 쓰였던 1960년대만 해도 우리에게 크리스마스는 '서양 나라에서 온 아름다운 크리스마스카드' 같은 것이었나 보다. 축복과 동경의 대상이지만 우리 현실에서는 머나먼 이국의 판타지 같은, 함박눈이 못 된 채 질척이는 진눈깨비로만 내리는······.

그 시절 '서양 나라'에서 온 크리스마스카드나 캐럴은 이국적이고 비현실적이었던 만큼 더욱 갈망하게 되는 '내용 없는 아름다움'과도 같았다. '가난한 아희'에게는 더욱! 오늘날에도 상대적으로 가난한 아이들에게 크리스마스는 여전히 '내용 없는 아름다움'이다. 쇼윈도를 장식한 화려한 트리와 선물 꾸러미들, 한 화면 혹은 한 지면 건너로 '아름다움'을 발산하는 온갖 이벤트와 공연과 프로그램에 속할 수 없는 가난한 어른들에게도 마찬가지다.

"노래하자 파람파팜팜"으로 시작하는 캐럴 「북치는 소년」은 즐거운 노래, 영광의 노래, 평화의 노래, 축복의 노래를 부르자는 내용이다. 그런 노래가 지치고 헐벗은 우리에게는 물론 긴 밤을 지키는 양떼들에게까지 미칠 수 있도록 모두 함께 부르자는 내용이다. 그래서일까. 북소리처럼 반복되는 '파람파팜팜'은 마치 크리스마스 불빛처럼 듣는 이의 마음을 설레게 한다.

가난에서 벗어나기 시작했던 1970년대 초부터 신군부 독재에서 벗어나기 시작했던 1980년대 말까지 「북치는 소년」은 크리스마스 때면 거리에서 가장 자주 듣는 캐럴이었다. 그때 기를 쓰고 주고받았던 크리스마스카드에는 북을 치는 소년이나 진눈깨비를 맞고 있는 양 떼가 그려져 있기도 했던가. 내게 크리스마스는 서울로 올라온 1970년대 중반부터 기억된다. 길거리 수레와 전파상과 레코드 가게에서 틀어대는 크리스마스 캐럴, 거리와 상점에서 반짝이는 온갖 트리와 선물 상자들, 문방구 밖으로 내걸리는 크리스마스카드, 그리고 '테레비'의 온갖 화려한 화면들에서 크리스마스가 왔음을 실감하곤 했다. 그것이 크리스마스 문화라면 그 문화는 집 밖에 속하는 것들이었다.

집 안의 크리스마스는 내게 결핍이었던 적이 더 많다. 이런 시를 쓴 적이 있다. "고요한 밤 술에 취해 주무시는 아버지 옆에서 새우깡을 먹으며 봤던 벤허를 또 봤다고 한들/ 거룩한 밤의 트리에 매달린 탄일종들이 일제히 울리고 또 울렸다 한들/ 어둠에 묻힌 밤 루돌프 사슴코를 부르고 또 부르는 두 딸을 이끌고 홍대 앞 카페에 이렇게 이르렀다 한들."(정끝별,「크리스마스 또 돌아왔네」) 크리스마스 특집 프로그램으로 흥겨운 '테레비'에 매달려 코가 석 자나 빠진 채 좀 떼꾼했던가.

2000여 년 전의 오늘과 같은 추운 겨울이었을 것이다. 갈릴리 나사렛에 살던 다윗의 자손 요셉은 만삭의 정혼자 마리아와 함께 베들레헴까지 꼬박 닷새를 걸어 도착했다. 로마 황제가 명한 호적 등록을 위해서였다. 빵 조각으로 연명하며 걷고 또 걸었던 만삭의 마리아는 요셉의 고향 베들레헴까지는 무사히 도착했으나, 밀려오는 산통에도 마땅히 출산할 만한 장소를 구하지 못해 어느 집 마구간에서 아이를 낳을 수밖에 없었다. 이런 상황을 직접 본 이웃이라면, 인간에 대한 예의 혹은 생명에 대한 경의를 갖춘 이 땅의 진정한 여행자라면 자신이 가진 재물을 나눠 선물과 축복을 건넬 수밖에 없었을 것이다. 비단 동방박사가 아니더라도 말이다.

예수 그리스도가 이렇게 '레미제라블(Les Miserables, 불쌍한 사람들)'하게 가장 낮은 자의 모습으로 우리에게 오셨던 날이 바로 크리스마스다. 세상 낮은 자들의 편에 서서 그들 모두를 구원하려는 뜻이었기에 창녀, 문둥병자, 죄인들까지도 예수 앞으로 나아가 구원받을 수 있었다. 예수는 미혼모의 몸에 잉태되어 가난한 목수의 아들로 자랐고, 가난하고 핍박받는 자들을 위해 고난의 삶을 살다 우리의 죄를 대신해 스스로 십자가에 못 박히셨다. 그 대속과 보혈의 의미를 헤아려 본다. 예수라는 이름의 갓난아이 탄생일을 2000년이 넘도록 이토록 전 지구적으로 기념하는 까닭일 것이다.

멀리 있어서 '내용 없는 아름다움'이든, 다 헤아릴 수 없어서 '내용 없는 아름다움'이든, 크리스마스가 아름다운 건 사실이다. 값나가는 선물을 주고받지는 못할지라도, 한 생명의 극빈한 탄생을 축하하고 축복하는 마음을 담았으니 평화로 충만하다. 세상에서 제일 낮은 모습으로 오셔서 세상 제일 낮은 곳에 머무셨던 그 탄생의 의미까지를 담았으니 영광으로 충만하다. 강보에 싸여 구유에 눕혀진 한 생명을 보며 천군천사가 찬송했던 "지극히 높은 곳에서는 하나님께 영광이요 땅에서는 기뻐하심을 입은 사람 중에 평화로다." 의 그 평화와 영광 말이다.

이 땅의 낮은 곳에 자리한 사람들이 기뻐하는 일이 더욱더 많아지는 평화로운 날들이 열렸으면 좋겠다. 올 한 해가 다 저물도록 반짝이지 못했던 것들과 올 한 해가 지나도

록 미처 손닿지 못했던 곳들에도 새 희망이 깃들었으면 좋겠다. 그리하여 오늘은 조용한 크리스마스, 따뜻한 크리스마스, 화목한 크리스마스, 겸손한 크리스마스, 검소한 크리스마스, 경건한 크리스마스, 사랑의 크리스마스, 착한 크리스마스, 나눔의 크리스마스, 그런 크리스마스가 되었으면 한다. 그런 크리스마스가 진짜 메리한 크리스마스일 것이다!

그러니 노래하자 파람파팜팜! 높은 곳의 영광이 낮은 곳의 평화로부터 울려 퍼지는 날들이기를, '가난한 아이'와 '어린 양(羊)들의 등성이'에도 평화가 가득한 새해이기를. 진심으로 "하루를 살아도/ 온 세상이 평화롭게/ 이틀을 살더라도/ 사흘을 살더라도 평화롭게// 그런 날들이/ 그날들이/ 영원토록 평화롭게 —"(김종삼, 「평화롭게」)!

봄 왕국으로 "Let it go"

"봄이 와 햇빛 속에 꽃피는 것들이 기특하다"(서정주, 「꽃피는 것 기특해라」) 북상 중인 연두와 초록이 기특하고, 마음의 심지를 마음 밖으로 피워 올리는 것들이 한량없이 기특하다. 눈 틔우고 잎 돋우고 꽃 피우는 이것들, 모두 눈보라 치는 한 시절을 힘겹게 난 것들이다. 틔우고 돋우고 피우느라 빛나는 이것들, 꽁꽁 얼어붙은 날들을 견뎌 낸 봄의 속살들이다. 겨울 언 땅에 뿌리 내렸던 어떤 지극함이, 어떤 간절함이, 어떤 그리움이 마음의 심지에 불을 붙이고 있는가. 딸들과 함께 봄 마중을 나서는 마음이 간질간질하다.

오는 이 봄이 뜨뜻미지근하다면 봄의 판타지를 펼쳐 보는 건 또 어떤가? 겨우내 입소문을 타고 흥행했던 디즈니 애

니메이션 「겨울왕국」처럼 말이다. 「겨울왕국」의 하이라이트는 뭐니 뭐니 해도 엘사가 "Let it go"를 부르며 눈 덮인 산을 오르는 장면일 것이다. 그녀는 그로 인한 모든 것을 얼려 버리는 통제불능의 힘에 대한 두려움과 죄의식에 떨며, 쫓기듯 도망치듯 왕궁을 뛰쳐나와 겨울 산을 오른다.

　　장갑과 망토와 왕관을 벗어 던지며 "Let it go"를 외칠 때마다 그녀의 손끝과 발끝에서 완성되는 겨울왕국은 참으로 아름다웠다. 엘사는 눈 덮인 허공에 얼음 계단과 얼음 다리를 만들며 달려간다. 달려가며 착하고 잘 참는 소녀에서 벗어나 힘과 자유에 눈뜨는 겨울왕국의 여왕이 된다. 그렇게 엘사가 달려간 겨울왕국이 실은 엘사가 엘사 그대로인, 봄의 왕국이었다. 진정한 자기 개화였기 때문이다. 진정한 봄은 혹독한 겨울을 지나 그렇게 온다.

　　우리도 그렇게 얼음과 강풍을 떨쳐 내고 봄 산을 올라 보자. 봄의 여왕이 되어 달려 보자. 드러내지 마, 꽃 피우지 마, 꼭꼭 숨겨, 느끼지 마, 알리지 마! 이런 금지와 억압의 겨울 말(言)들로부터의 탈출이 먼저다. 잃어버렸던 한쪽 장갑일랑 마저 벗어 던지고, 꽁꽁 싸매고 감추었던 외투와 털모자와 목도리도 벗어 던지고, 머리를 풀어 내려 봄바람에 내맡기고 밀려오는 봄을 향해 "Let it go"를 불러 보자.

"Let it go"를 외칠 때마다 우리 손끝과 발밑에서 완성되는 봄의 왕국은 얼마나 '나'다울 것인가. 연두와 초록이 움트는 산골짜기에 꽃 계단과 꽃 다리를 만들며 달려 나가는 봄의 왕국은 또 얼마나 자유로울 것인가.

봄 요정의 손끝과 발끝에서 봄이 완성되듯, 내 손끝과 발끝에서는 내 마음의 봄이 완성될 것이다. 불안과 공포와 두려움에 흔들리던 내 눈은 "Let it go"를 외칠 때마다 자신감과 환희가 차오르는 눈빛으로 변할 것이다. 근심과 걱정과 혼란에 망설이고 주저하던 내 노래는 저지르고 내지르는 단호한 목소리를 낼 것이다. 무엇이든 창조하려는 자의 봄일 것이다.

"날 지배했던 두려움은/ 이젠 무섭지 않다고/ 내가 뭘 할 수 있는지 봐/ 한계를 뛰어넘어 부숴 버릴 거야/ 옳은 것도 그른 것도 규칙도 내겐 없어/ 이제 난 자유야/ Let it go/ Let it go"라고 노래하는 나, 너, 그리고 우리. 그 마음이 바로 나, 너, 그리고 우리 그대로의 생생한 봄마음일 것이다.

우리 안에 꽁꽁 얼어 있던 생명력과 야성과 자유를 불러낼 수 있을 때 비로소 '기특하게' 꽃 피울 수 있을 것이다. 나는 나이고 나는 괜찮아, 봄은 봄이고 봄은 괜찮아. 그러므로 우리에게 "Let it go"는, "사랑하는 이여/ 상처받지 않은

사랑이 어디 있으랴/ 추운 겨울 다 지내고/ 꽃필 차례가 바
로 그대 앞에 있다"(김종해, 「그대 앞에 봄이 있다」)라는 말과
동의어다. 그러니 산수유를 필두로 매화와 동백, 개나리와
진달래, 그리고 배꽃, 복사꽃, 목련 등속이 세운 불의 심지를
당겨 와 '내 마음의 봄날'로 피울 때 그때가 진짜 봄인 거다.

인용 작품 출처

김기택, 「그는 새보다도 적게 땅을 밟는다」, 『사무원』(창비, 1999)

박용래, 「은버들 몇 잎」, 「먹감」, 『박용래 시전집』(문학동네, 2022)

권태응, 「감자꽃」, 『권태응 전집』(창비, 2018)

박목월, 「가정」, 『박목월시전집』(민음사, 2003)

신경숙, 『엄마를 부탁해』(창비, 2008)

이홍섭, 「터미널」, 『터미널』(문학동네, 2011)

서정주, 「꽃 피는 것 기특해라」, 『미당 서정주 전집』(은행나무, 2015)

김종삼, 「엄마」, 『김종삼 전집』(나남, 2005)

김종삼, 「북치는 소년」, 『북치는 소년』(민음사, 1979)

김종해, 「그대 앞에 봄이 있다」, 『그대 앞에 봄이 있다』(문학세계사, 2017)

깨끗한 거절은
절반의 선물

1판 1쇄 찍음	2025년 2월 21일
1판 1쇄 펴냄	2025년 2월 28일
지은이	정끝별
발행인	박근섭·박상준
펴낸곳	(주)민음사
출판등록	1966. 5. 19. 제16-490호
주소	서울특별시 강남구 도산대로1길 62(신사동)
	강남출판문화센터 5층(우편번호 06027)
대표전화	02-515-2000
팩시밀리	02-515-2007
홈페이지	www.minumsa.com

ⓒ 정끝별, 2025. Printed in Seoul, Korea

ISBN   978-89-374-2856-2 (03810)